1511 : Kisah Sebuah Kota

(Edisi 2)

Karangan

A Halim Hassan

PARTRIDGE

A Penguin Random House Company

ISBN:	Hardcover	978-1-4828-9832-3
	Softcover	978-1-4828-9831-6
	eBook	978-1-4828-9879-8

To order additional copies of this book, contact
Toll Free 800 101 2657 (Singapore)
Toll Free 1 800 81 7340 (Malaysia)
orders.singapore@partridgepublishing.com

www.partridgepublishing.com/singapore

Penghargaan Pengarang

1.	Penghargaan sepenuh diberikan kepada Cikgu Hasnah Hassan, seorang guru bahasa Melayu di sebuah sekolah awam di Singapura. Berkat nasihat dan usaha gigih beliau, novel ini mempunyai gaya dan persembahan bahasa yang sebaiknya.

2.	Penghargaan juga diberikan kepada Saudara Sabri Zain kerana memberi nafas baru dalam berkongsi cerita tentang masyarakat Melayu Melaka melalui lelamannya www.sabrizain.org/malaya/

3.	Pengarang juga ingin menyampaikan penghargaan kepada semua ahli keluarga yang telah banyak menyokong dan berkongsi buah fikiran ketika novel ini masih dalam peringkat permulaan.

4.	Penghargaan khas diberikan kepada isteriku, Zainon yang sentiasa memberi perangsang dalam hidup kami.

A Halim Hassan
24 May 2012

Isi Kandungan

Bab I

TITAH HUKUM DIRAJA

Hari semakin hampir masuk waktu Maghrib manakala matahari terbenam kemerah-merahan di hujung laut. Kicauan burung di pohon rimba kedengaran jauh seakan meratapi pemergian sang matahari yang dikasihi. Keheningan senja mulai terasa di kawasan kampung di hilir Melaka. Ramai penduduk kampung sudah pun pulang ke rumah setelah habis melakukan urusan seharian mereka. Ada di antara mereka sedang makan hidangan bersama keluarga, ada pula sedang bermain-main dan bersantai dengan anak-anak mereka di halaman rumah dan ada juga sedang bersiap sedia untuk melakukan ibadah sembahyang Maghrib.

Sebuah rumah yang tegap lagi luas perkarangannya terdapat di kampung tersebut. Semua orang tahu akan penghuni rumah ini. Di dalamnya ada kelihatan dua orang wanita sedang duduk dengan asyik melayani diri sendiri sambil menantikan kepulangan ketua keluarga mereka sebelum masuknya waktu Maghrib. Memang begitulah kelakuan keluarga ini pada setiap hari. Walaupun mereka semua sibuk dengan tugas harian masing-masing, namun mereka tetap meluangkan masa untuk melakukan ibadah sembahyang bersama.

Ketenangan kedua wanita itu tadi terganggu apabila kedengaran suara orang yang memanggil-manggil dari luar rumah.

"Bonda! Bonda!"

1

Suara itu berbunyi dengan nada cemas dan semakin kuat kedengarannya yang datang menghala dari rumah tersebut.

Tun Fatimah, salah seorang dari wanita tadi, terkejut lalu menghalakan pandangannya ke arah muka pintu rumah. Dalam ingatannya, siapakah gerangan yang memanggil ibunya dengan panggilan yang amat kuat lagi mencemaskan itu. Ibunya, bangun dari tempat duduk dan bergegas ke muka pintu sambil mencari-cari orang yang memanggilnya.

Suara yang memanggil-manggil itu akhirnya berhenti dan timbul pula wajah Tun Karim di pagar rumah. Dia seorang remaja lelaki yang sememangnya tampan tetapi pada hari itu, wajahnya kelihatan pucat dan amat risau sekali. Dia terus berlari ke arah ibunya dan sejurus sahaja sampai di anak tangga, dia terus memeluk kedua kaki ibunya seolah-olah tidak mahu melepaskan.

"Bonda, bala sudah menimpa kita sekeluarga, bonda. Benar, bonda!"

"Apa maksudmu, Tun Karim? Bonda tidak faham." Ibunya menyoal dengan keghairahan.

"Hai Tun Karim, cubalah berhenti menakutkan bonda. Tidak baik adinda bergurau sebegitu cara," Tun Fatimah bersuara. Dia dapat berasakan kecemasan di raut wajah ibunya dan cuba menenangkan keadaan walaupun hatinya sendiri dalam kerisauan mendengarkan ucapan adiknya tadi.

"Kanda, adinda tidak bergurau. Baginda Sultan telah menjatuhkan hukuman mati keatas ayahanda kita. Sebab itu adinda berlari ke rumah untuk memberitahu bonda tentang bala yang telah menimpa kita sekeluarga, kekanda," Tun Karim menjawab teguran kakaknya dengan suara yang sedih. Dia tidak dapat menyembunyikan lagi perasaan sedihnya lalu terus menangis.

Wajah Tun Fatimah menjadi pucat apabila mendengar keterangan Tun Karim. Dia seperti tidak dapat percaya kata-kata adiknya. Sepanjang hidupnya, Tun Karim tidak pernah berbuat bohong kepada ahli keluarganya. Dan inilah yang

2

membuat Tun Fatimah bertambah risau mendengar berita yang disampaikan oleh adiknya itu.

"Mana mungkin ayahandaku, Bendahara Seri Maharaja, akan dihukum oleh baginda Sultan?" demikian pertanyaan yang berlegar di hati kecil Tun Fatimah.

Si ibu yang tergamam mendengar percakapan anaknya lalu rebah di berandah. Mujurlah Tun Fatimah sempat menyambutnya sebelum dia jatuh ke lantai. Tun Fatimah memanggilkan dayang-dayang supaya datang dan membawa semangkuk air untuk ibunya. Tidak berapa lama kemudian, ibunya sedar tetapi wajahnya kelihatan kusut kerana berita buruk tadi masih lagi mencengkam akal fikirannya.

"Di manakah ayahanda sekarang? Kekanda ingin bertemu dengannya," Tun Fatimah bertanya kepada adiknya.

"Di perkarangan istana." dengan tersedu-sedu, Tun Karim menjawab.

"Dia ada bersama dengan ayahanda, Tun Tahir, kekanda, Tun Hasan dan Tun Ali," tambah Tun Karim. Sebutan nama yang terakhir itu membuat Tun Fatimah rasa bertambah cemas.

"Tun Ali! Kenapa dia turut dihukum?" bertanya Tun Fatimah seakan-akan tidak percaya dengan apa yang telah disebutkan oleh Tun Karim.

"Kenapa adinda? Kenapa Tun Ali turut dihukum sekali, jawab?" katanya dengan nada kuat sambil menolak-nolak bahu Tun Karim.

Adiknya tidak menjawab soalan Tun Fatimah dan sebaliknya, dia hanya menggelengkan kepala beberapa kali. Perasaan hiba dan pilu mencengkamnya dan tiada perkataan yang dapat menerangkan betapa pedihnya mala petaka yang telah menimpa keluarga mereka.

Tun Fatimah yang masih lagi lewat remaja kemudian terus berlari masuk ke dalam rumah. Sambil memakai selendangnya, dia keluar meninggalkan rumah lalu menuju ke arah istana raja. Hatinya berdegup-degup kerisauan takut-takut terlambat berjumpa dengan ayah serta suaminya, Tun Ali. Di sepanjang perjalanan, dia tidak berhenti-henti mendoakan agar mereka semua berada dalam keadaan selamat. Tambahan lagi, dia ingin bersama dengan mereka pada ketika itu.

"Ya Allah, izinkanlah hambamu bertemu dengan mereka, orang yang hamba kasihi." Demikianlah doanya di sepanjang jalan walaupun perjalanannya jauh dan hari semakin gelap.

Akhirnya, Tun Fatimah sampai di perkarangan istana dan melihat sekumpulan pengawal-pengawal raja sedang berkerumun di sana. Hati Tun Fatimah bertambah cemas lalu dia berdoa lagi agar permintaannya dikabulkan. Seperti doa orang-orang yang ikhlas hati, permintaan Tun Fatimah terkabul dan dia bertemu jua dengan orang yang dikasihinya. Di hadapan pengawal-pengawal tadi, Tun Fatimah ternampak ayahnya melutut. Begitu juga dengan Tun Tahir, Tun Hasan dan Tun Ali. Tangan mereka semua terikat dibelakang. Raut rupa mereka kelihatan sedih dan tidak bermaya lagi.

Tun Fatimah terus mendepa ayahnya dan merayu agar dia dilepaskan. Cintanya terhadap ayahnya amat mendalam. Dialah orang yang disanjunginya, yang telah mengenalkan erti makna 'taat setia kepada raja dan keluarga' dan dia juga yang telah menanamkan sikap cekal hati di dalam jiwa Tun Fatimah. Ketika dalam dakapan itu, Tun Fatimah teringatkan semasa dia dan ayahnya pergi berjalan-jalan di pantai. Ayahnya sering memberikan kata-kata perangsang yang menggalaknya supaya jangan mudah berputus asa dalam melakukan sesuatu perkara yang diingini dan sentiasa tumpukan perhatian apabila melakukannya.

"Ombak laut akan sentiasa bergelora. Tidak guna anakanda memarahinya. Disebalik itu, buatlah persiapan yang terbaik untuk menghadapinya." Begitulah kata-kata nasihat ayahnya yang diingati oleh Tun Fatimah. Kini kata-kata itu akan menjadi kenangan buat dirinya.

Tidak berapa lama kemudian ketua pengawal, Tun Sura Diraja mengarah Tun Fatimah melepaskan ayahnya kerana hukuman ke atas mereka akan dijalankan sebentar lagi. Mendengar ucapan Tun Sura Diraja itu, Tun Fatimah mendakap pula pak ciknya, Tun Tahir, abangnya, Tun Hasan dan kemudian suaminya, Tun Ali. Pasangan muda ini baru sahaja mendirikan mahligai dan Tun Fatimah tidak rela melepaskan suaminya dalam keadaannya sebegini.

"Kenapa kanda ingin meninggalkan adinda?" bisik Tun Fatimah pada suaminya beberapa kali.

"Bagaimana pula dengan keadaan adinda ini, nanti?" tambah Tun Fatimah.

Tun Ali hanya berdiam diri apabila mendengarkan kata-kata isterinya. Dia berasa berat hati mendengarkan rayuan dari orang yang amat disayangi. Tetapi, pada saat itu juga, dia terdengarkan kata-kata nasihat yang sering di kepalanya 'Pantang anak Melaka menentang raja. Nanti padah akibatnya.' Justeru itu, hatinya berisi penuh kesyahduan dan wajahnya tidak dapat menyembunyikan perasaan itu.

Seorang pengawal raja yang bertubuh tegap datang dan menarik tangan Tun Fatimah yang lembut itu beberapa kali sehingga dia terlepas mendakap suaminya. Pengawal tersebut tidak melepaskan tangan Tun Fatimah tetapi sebaliknya membawa dia terus pergi jauh dari tempat itu. Tun Sura Diraja kemudian mengarahkan Tun Fatimah dibawa masuk ke istana. Tun Fatimah terkejut apabila mendengar arahan tersebut.

"Buat apa patik dibawa ke istana. Suami dan keluarga patik berada di sini. Tolonglah, tuan hamba. Lepaskanlah patik!" Dia merayu sambil meronta-ronta agar tangannya dilepaskan. Tetapi rayuan Tun Fatimah tidak diendahkan oleh pengawal tersebut yang sememangnya hanya mengikut perintah diraja.

Ketika dia dibawa pergi, Tun Fatimah sempat menoleh beberapa kali ke hala ayahnya. Di sana, dia dapat melihat Tun

Indera Segara datang hampir ke arah ayahnya sambil menjunjung keris diraja.

"Titah baginda Sultan dijunjung. Hukuman mati akan dijatuhkan." Terdengar kata-kata Tun Indera Segara. Hati Tun Fatimah menjadi kecut apabila mendengarkan kata-kata itu tadi.

Tidak berapa lama kemudian, Tun Fatimah melihat tubuh ayahnya mulai rebah ke muka bumi. Ini diikuti oleh Tun Tahir, Tun Hasan dan akhir sekali suaminya, Tun Ali. Melihat kejadian ngeri itu, Tun Fatimah berasa lemah dan tidak bermaya langsung.

"Kenapa mereka dihukum bunuh dan kenapa pula aku di bawa ke istana?" Fikirannya melayang jauh dan hatinya tertanya-tanya. Setelah soalan-soalan ini berpusar-pusar di fikirannya, dia pun pengsan lalu diangkat masuk ke istana oleh pengawal yang mengheretnya.

Apabila dia sedarkan diri di dalam satu ruang di istana, Tun Fatimah mengeluh.

"Adakah aku bermimpi sekarang ini?" tanya Tun Fatimah pada dirinya sendiri. Kemudian, dia sedar ianya bukanlah satu mimpi tetapi sebaliknya, ia adalah satu kenyataan.

Tun Fatimah teringatkan ibunya pula. Dia memanggil pengawal istana dan meminta agar dilepaskan dengan segera. Malangnya, segala permintaannya tidak dilayani oleh pengawal tadi dan Tun Fatimah terus di kurung di dalam istana.

"Oh bondaku, malang sungguh nasibmu. Bukan sahaja kau kehilangan suami, kau juga kehilangan anak-anakmu pada malam ini." Hatinya bersuara dengan sedih pilu.

Beberapa ratus batu jauh dari kota Melaka, di sebuah kota India bernama Goa, seorang panglima besar Portugis sedang memberi ucapan kepada anak-anak buahnya di suatu majlis. Dia kelihatan segak tapi angkuh. Parut luka diwajahnya ternampak jelas dan ini sering membuat dia berasa

6

perlu bersikap sedemikian dihadapan anak-anak buahnya agar mereka akan memberikan taat setia yang sepenuhnya.

"Esok, kita akan berangkat berlayar ke Melaka. Kita akan bawa bersama lapan belas kapal perang dan 1,200 askar yang terhandal di dunia sekarang ini. Tujuan kita tidak lain hanyalah untuk menawan kota Melaka. Kita akan mengukuhkan kedaulatan Raja Portugis di benua Asia." dengan megah dia berkata.

Selepas memberi ucapan tersebut, Viceroy Alfonso du Albuqeurqeu membetulkan pakaiannya lalu menjulang semangkuk emas berisi arak di tangan kanannya. Dia melihat sekelilingnya dengan mata yang tajam.

"Untuk raja, negara dan agama!" demikianlah katanya lagi sambil meminum arak itu.

Ucapannya disambut oleh para hadirin dengan penuh keghairahan.

"Untuk raja, negara dan agama!"

Sejurus kemudian, kekecuhan timbul bersebab dari sekumpulan pegawai askar yang hadir di majlis tersebut. Mereka membuat beberapa pekikan suara yang amat lantang. Pekikan mereka juga merupakan satu jeritan yang penuh kemarahan seolah-olah mereka ingin menuntut balas dendam terhadap sesuatu yang telah berlaku pada masa lalu.

"Untuk Laksmana Diego Lopes de Seqeuira!" berkata suara-suara tersebut.

"Untuk Laksmana de Seqeuira!" di sambut oleh para hadirin kemudian.

Bab II

MELAKA, KOTA BERSERI

Dua tahun sebelum itu...

Hari ini adalah 15 Rabiulakhir 915 Hijrah bersamaan 1 Ogos 1509 Masehi. Ia menandakan lebih seabad kerajaan Melaka sudah bertapak di negeri ini. Banyak perubahan yang telah berlaku dalam seratus tahun ini. Kerajaan Melaka kini bertambah luas kawasannya manakala kemasyurannya sampai ke benua Eropah. Perjanjian dengan Maharaja Ming Cina yang telah termeterai hasil usaha Sultan Iskandar Shah dan Laksmana Cheng Ho di awal abad ke 15, seolah-olah memberikan kota Melaka peluang untuk terus berkembang.

Matahari pada pagi ini sudah naik dan merenung ke muka. Angin laut meniup sayu masuk ke kota Melaka serta kawasan desa disekitarnya. Keheningan pagi mulai digantikan dengan segala bentuk bunyi pergerakan manusia. Para penduduk Melaka terutama anak-anak muda mulai keluar rumah untuk mulakan urusan peribadi. Ada yang bersiap-siap untuk berniaga di kedai, ada yang pergi ke ladang untuk bercucuk tanam dan ada yang pergi ke sawah untuk menuai padi. Kesemuanya sibuk dengan urusan harian masing-masing.

Seperti biasa, Tun Mutahir memulakan harinya dengan meninggalkan rumah pada waktu pagi. Dia keluar memakai pakaian berwarna-warna dengan jubah sutera dua lapis serta sarban terletak di kepala. Pakaiannya sesuai dengan tubuh badannya yang tinggi lampai. Beberapa bentuk cincin batu mahal tersarung di jari-jemarinya. Dia menaiki usungan dengan di tunda oleh pengawal-pengawal raja dan diikuti oleh anak-anak buahnya ke mana sahaja dia pergi untuk urusan kerajaan.

Ketika dalam perjalanan, dia mengambil kesempatan untuk melihat-lihat keadaan sekitar kota Melaka. Apabila sesuatu perkara menarik perhatian matanya yang tajam itu, Tun Mutahir akan mengingatinya dengan bertanyakan beberapa soalan yang tersemat di hati. Jika ada soalan yang tidak terjawab, dia akan mengemukakannya kepada pegawai-pegawai istana untuk mendapatkan jawapan atau keterangan. Demikianlah cara dia mentadbirkan urusan kerajaan. Dia memang amat bangga dengan tugasnya yang kini telah dipikulnya selama lebih kurang sepuluh tahun. Bagi dirinya, dia telah banyak menyumbang kepada kekayaan dan kemasyhuran yang dinikmati oleh kota Melaka ketika itu. Tambahan lagi, semua orang di kota Melaka sudah tahu siapakah gerangan Bendahara Seri Maharaja.

Sebagai pusat perdagangan yang pesat, kota Melaka menarik banyak peniaga-peniaga asing. Terdapat banyak barang-barang dagangan dari seluruh kawasan tamadun dunia yang telah dibawa dan perdagangkan di sini. Antaranya, adalah barang-barang perniagaan seperti rempah-ratus dari Asia Tenggara, pinggan mangkuk kaca dari negara China, bahan wangi-wangian dari tanah Arab, permaidani dari Parsi, kain tenunan sutera dari India dan lain-lain yang semuanya diperniagakan. Perdagangan dilakukan dengan wang tael perak serta emas. Ini semua menambahkan kekayaan kota Melaka yang mengutip cukai dari peniaga-peniaga. Telah dianggarkan terdapat lebih kurang 200,000 orang yang menetap di Melaka pada awal abad ke 16.

Kota Melaka terbahagi kepada dua kawasan tanah yang dipisahkan oleh Sungai Melaka. Di selatan kota adalah kawasan pentadbiran negeri yang terdiri daripada istana Sultan, balai rong dan sebuah masjid. Di sebelah utara pula adalah kawasan perniagaan yang terdiri daripada rumah-rumah gedung dan kedai-kedai kepunyaan para peniaga.

9

Kedua-dua kawasan ini dihubungi oleh sebuah jembatan yang merupakan satu kebanggaan bagi orang-orang Melaka. Jembatan ini dibina dengan segala kemahiran yang ada pada waktu itu. Kayunya dari pohon kayu jati yang tahan lasak dan pertukangannya dihasilkan oleh orang-orang Jawa yang terkenal dengan kemahiran dalam seni binaan. Ketinggiannya mencapai sepuluh kaki, panjangnya pula empat puluh kaki dan lebarnya adalah lima kaki. Jembatan ini merintasi Sungai Melaka dan membolehkan pergerakan sampan-sampan pemunggah untuk mengangkut dan menghantar barang-barang dagangan dari kapal ke gedung para peniaga melalui sungai itu. Selain daripada menaiki sampan, jembatan ini juga memberikan laluan mudah antara kawasan pentadbiran dan perniagaan di kota ini. Pegawai-pegawai kerajaan dan peniaga-peniaga sering menggunakan jembatan ini untuk bergerak dari satu kawasan ke satu kawasan yang lain.

Dibandingkan dengan kawasan pentadbiran, kawasan perniagaan ini lebih sibuk dan lebih banyak cabarannya. Sering terdapat perselisihan faham antara sesama peniaga. Begitu juga dengan pengawai kerajaan. Banyak pengawai-pegawai kerajaan serta syahbandar yang akan cuba menyelesaikan masalah-masalah tersebut dalam usaha mereka mentadbirkan kawasan perniagaan ini dengan secara aman dan tenteram.

Pada pagi hari itu, Tun Mutahir sampai di perkarangan istana dan disambut oleh peniaga-peniaga Gujerat yang sedang menunggunya sejak siang hari lagi. Mereka memberi hormat kepada Tun Mutahir apabila berdepan dengannya dan kemudian meluahkan masalah mereka terhadap beberapa pegawai kerajaan.

"Datuk Bendahara, banyak peniaga-peniaga yang mengadu telah dipaksa oleh pegawai kerajaan membayar cukai yang tinggi. Mereka ini baru sahaja datang ke Melaka dan tidak mempunyai banyak harta." berkata seorang daripada peniaga-peniaga Gujerat itu dengan penuh harapan.

10

"Datuk, bagaimana kami hendak bayar cukai kepada pegawai kerajaan sedangkan Datuk Syahbandar juga mahukan cukai untuk dirinya sendiri," ditambah pula oleh seorang di antara mereka.

Tun Mutahir memang sudah peka dengan rayuan sebegini. Boleh dikatakan hampir setiap hari dia akan dihujani dengan masalah seperti berikut. Dia faham dengan kedudukan perkara dan merasa simpati terhadap peniaga-peniaga tersebut. Sebaliknya, masalah kutipan cukai negeri adalah suatu perkara yang komplek. Sungguhpun ia tertakluk kepada kanun Adat Temenggung, ramai pegawai-pegawai kerajaan terpaksa menggunakan segala bijaksana dan daya usaha mereka sendiri untuk memastikan para peniaga di kawasan mereka berniaga dalam keadaan selamat dan terjaga. Jika sekiranya ada terdapat perselisihan di antara para peniaga tersebut, pihak istana akan mengambil tindakan dan memecat pegawai kerajaan yang bertanggungjawab di atas kawasan perniagaan berkenaan.

Pada hari itu, Tun Mutahir berjanji akan menyelesaikan perkara tersebut dan memberitahu anak buahnya, Hang Nadim supaya melayani para peniaga Gujerat itu. Dia juga mengingatkan Hang Nadim supaya membuat catatan tentang nama dan di mana para peniaga itu berniaga.

Setelah mendapatkan kepastian dari Datuk Bendahara, para peniaga Gujerat itu pun pulang ke kedai mereka di kawasan utara kota itu. Mereka memang jarang duduk lama di kawasan pentadbiran untuk bersantai dan bergaul bersama orang-orang tempatan.

Tidak jauh dari tempat Tun Mutahir itu tadi, ada terdapat sekumpulan pegawai-pegawai kerajaan termasuk Raja Mudeliar, salah seorang daripada empat syahbandar di kota Melaka. Mereka sedang duduk beramai-ramai di salah sebuah pondok makan di situ. Mereka memakan santapan pagi sambil memerhatikan kelakuan para peniaga Gujerat yang mengadu nasib mereka kepada Bendahara Tun Mutahir. Pandangan yang sinis akan dilemparkan kepada para peniaga Gujerat tersebut setiap kali mereka berkata-kata. Malahan, ucapan yang kurang sopan akan diluahkan oleh mereka juga.

"Cis, celaka punya Jawi Pekan!" bisik seorang daripada mereka. Jawi Pekan adalah gelaran yang diberikan oleh orang-orang Melaka kepada peniaga-peniaga dari Gujerat.

"Berani mereka membelakangkan kita dan berjumpa dengan Datuk Bendahara." cemuhan dari mereka lagi.

Tidak beberapa kaki jauh dari tempat pondok makan tadi, kelihatan seorang anak muda Melaka yang sedang berjalan menuju ke istana. Dia berumur di peringkat lewat dua puluhan dan nampak tampan dalam baju Melayu bersama kain samping. Dia memakai tanjak sutera di kepala dan sebatang keris ukiran Melaka di pinggangnya. Gaya dia berjalan, tegak dan penuh keyakinan. Maka tidak hairanlah jika pemuda ini menjadi idaman hati ramai anak dara Melaka pada ketika itu.

"Tun Ali, sudilah makan bersama hamba semua disini?" terdengar ajakan Raja Mudeliar kepada anak muda tersebut apabila sahaja dia sampai di pondok makan tadi.

Secara kebetulan pula, Tun Ali sudah bersarapan di rumahnya pagi tadi. Oleh itu, apabila dia di pelawa oleh Raja Mudeliar, dia agak keberatan untuk ikut bersama. Dan seperti biasanya, dia tidak rasa perlu untuk berdalih.

"Maafkan patik, Raja Mudeliar. Patik sudah santap di rumah pagi tadi." jawab Tun Ali dengan bergoyangkan tangan kanannya.

"Hmm..Tidakkah tuan hamba mau pergi menghadap sultan di istana? Baginda Sultan baru sahaja pulang dari singgahsananya di Muar." dia menambah kemudian.

"Sebenarnya tuan hamba, patik semua memang hendak pergi menghadap. Sementara itu, kami melihat peri laku para peniaga itu," Raja Mudeliar menjawab sambil menuding jari ke arah para peniaga Gujerat tadi. Dia berharap agar Tun Ali akan turut mencemuh kelakuan para peniaga Gujerat itu.

Sebaliknya, Tun Ali memang faham dengan masalah antara para peniaga Gujerat dengan pegawai-pegawai kerajaan. Seluruh kota Melaka tahu bahawa para peniaga ini banyak membawa barang perniagaan yang tinggi nilainya. Dan mereka sering meminta izin untuk berniaga di tempat yang sudah diberikan kepada para peniaga lain seperti peniaga-peniaga Melayu dan Cina. Alasannya, mereka inginkan keselamatan untuk barang-barang perniagaan mereka dan juga, mereka inginkan kemudahan untuk pergi ke masjid istana yang berdekatan. Tetapi malangnya, permintaan mereka ini tidak dilayani oleh pegawai kerajaan kerana mereka tidak rela membayar cukai yang dikenakan oleh pengawai bendahari.

"Apakah yang hendak dilakukan oleh Datuk Bendahara?" tanya Tun Ali kepada Raja Mudeliar dengan penuh kemuskilan. Dia kemudian menghalakan salah satu telinganya ke arah mulut Raja Mudeliar untuk mendengarkan jawapannya.

"Datuk Bendahara seorang yang bijak. Tangan kanan dia memberi, tangan kirinya menerima," Raja Mudeliar menjawab sambil tersenyum sinis. Setelah mendengarkan percakapan Raja Mudeliar, Tun Ali tidak berkata apapun lalu berangkat pergi dari sana.

"Tidaklah mudah menjadi seorang bendahara di negeri sesibuk kota Melaka ini. Ada berbagai perkara yang sering timbul saban hari." Tun Ali berkata di dalam hatinya selepas meninggalkan Raja Mudeliar.

Sambil berjalan, Tun Ali kemudian teringatkan arwah ayahnya, Tun Perak yang telah memangku jawatan Bendahara selama empat dekad sebelum Tun Mutahir mengambil alih tugasnya. Pada ingatannya, ayahnya sering pulang ke rumah dengan fikiran yang penuh masalah di kepala. Kadang-kala dia akan duduk bersendirian tanpa mau bertegur sapa di rumah. Pernah sekali, Tun Ali dengan berani hati bertanyakan kepada ayahnya tentang tugas yang dilakukan olehnya. Wajah ayahnya berkerut seketika sebelum menjawab pertanyaan Tun Ali itu.

13

"Hai anakku, negeri Melaka ini semakin luas dan sibuk. Sebagai Bendahara, ayahanda ada banyak perkara yang perlukan perhatian dan harus dilaksanakan. Ada perkara yang penting dan ada pula perkara yang tidak penting tetapi lambat laun perlu juga dilakukan." jawab Tun Perak.

"Jika semua perkara ini tidak diatasi, para peniaga asing tidak akan mau menetap disini dan akhirnya, itu menjadi satu masalah bagi kita kerana kota Melaka yang akan mendapat rugi kelak." ayahnya menambah lagi.

Berbekalkan isi perbualan ini, Tun Ali lebih memahami akan tindak-tanduk Tun Mutahir melayani para peniaga lebih daripada lain-lain pegawai kerajaan. Ini juga membuat dia menghargai jasa budi Tun Mutahir mentadbirkan kerajaan Melaka.

"Nasib baiklah kita menpunyai Datuk Bendahara yang bijak arif dalam mengendalikan hal-hal kerajaan seperti Tun Mutahir. Jika tidak, negeri Melaka akan hilang kemasyurannya." berkata Tun Ali dengan penuh kesyukuran dihatinya sendiri.

Tidak berapa lama kemudian, Tun Ali terserempak dengan sekumpulan anak muda Pasai di luar perkarangan istana. Mereka ini termasuklah seorang yang bernama Panglima Awang. Kesemua mereka memakai baju melayu Pasai dengan kain samping sutera. Tanjak mereka lebih tinggi dari orang Melaka tetapi tetap segak apabila dipakai. Sememangnya, anak-anak muda Pasai amat masyur dengan ketampanan mereka. Begitu juga dengan anak-anak dara mereka yang dikatakan begitu menawan sekali apabila di pandang orang. Mereka memang gemar datang ke kota Melaka disebabkan banyak barang-barang serta makanan dari negeri asing yang terdapat disitu. Setiap tahun, anak-anak muda Pasai akan datang ke sini tidak kurang dari sekali dan mereka akan berbelanja dengan senang hati. Sementara itu, orang-orang Melaka serta peniaga-peniaga asing di kota ini pula merasa besar hati menerima tetamu muda dari negeri Pasai ini. Mereka akan melayan dan menjual barang-barang yang terbaik kepada mereka.

Ketika Tun Ali bertemu dengan anak-anak muda Pasai itu tadi, dia mengangkat tangannya dan melemparkan senyuman manis kepada mereka. Sebaliknya, anak-anak muda Pasai ini hanya memberikan renungan kosong kepadanya seolah-olah dia tidak wujud. Melihatkan perbuatan mereka yang kurang sopan dan tidak menegur sapa, Tun Ali berasa tersinggung dan amat kecewa.

"Mengapakah mereka berkelakuan sedemikian? Bukankah kita ini sesama darjat?" bertanya Tun Ali dihatinya sendiri.

"Aku rasa mereka tidak perlu bersikap sedemikian. Aku harus beritahu mereka bahawa kelakuan mereka ini kurang sopan sebagai anak orang bangsawan." cemuhan dihatinya berkata lagi.

"Nantilah, tuan. Satu hari nanti kita akan bersua lagi. Pada ketika itu, aku akan beritahu tuan semua tentang kelakuan tuan-tuan yang kurang sopan. Nanti tuan semua akan tahu apakah itu budi dan apakah itu adat." Tun Ali berkata di lubuk hatinya. Demikianlah sumpah janji Tun Ali walaupun dia sendiri tidak mengetahui bilakah ianya akan tercapai.

Bab III

SULTAN MAHMUD DI JUNJUNG

Pada hari ini, semua pembesar-pembesar Melaka dititahkan untuk datang mengadap raja di istana. Mereka teramat akur dengan perintah tersebut sebab baginda sultan sudah kian lama pergi beristirehat di singgahsananya di Muar. Sudah tentu banyak perkara penting yang hendak dibincangkan oleh baginda sultan. Ramai pembesar yang sudah pun bersiap sejak dari pagi hari lagi. Mereka tidak mahu terlewat, takut dianggap derhaka kepada raja. Begitulah juga halnya dengan Tun Ali, anak jati Melaka.

Seperti biasa, Tun Ali berjalan masuk ke perkarangan istana dengan mengatur langkah kakinya. Di dalam perkarangan istana yang amat luas itu, terdapat sebuah bangunan istana raja yang gah lagi menakjubkan. Bangunan istana itu termasuklah sebuah balai rong yang tinggi bumbung serta banyak tiangnya. Setiap tiang itu pula ada terdapat berbagai ukiran tangan di sekelilingnya. Begitu juga dengan pintu gerbangnya, terdapar ukiran tangan yang sungguh menarik. Istana ini dilengkapi dengan beberapa tingkap dan ruang istirehat di dalamnya. Orang-orang yang datang masuk ke perkarangan istana akan pasti merasa kagum melihatkan balai rong tersebut. Ia merupakan satu kebanggaan bagi orang-orang Melaka pada ketika itu.

Di samping balai rong istana, terdapat juga sebuah ruang gajah, sebuah dewan permainan dan sebuah masjid yang sederhana luasnya di perkarangan istana itu. Kesemua bangunan ini didirikan dengan kayu papan dari pohon nibong yang kuat lagi teguh kecuali masjid yang dibina dengan batu-batan. Walaupun terdapat banyak bangunan-bangunan didalamnya, namun suasana di dalam perkarangan istana ini amat tenang dan nyaman bagi sesiapa yang datang masuk ke dalam.

Perkarangan istana dikelilingi oleh dinding pagar kayu berserta dengan kubu-kubu yang dilengkapi dengan meriam. Pengawal-pengawal yang bertugas di kubu ini pula kesemuanya dilengkapi dengan senjata api dan lembing. Segala pergerakan di perkarangan istana ini tertakluk di bawah kuasa Datuk Temenggung. Tidak ada seorang pun yang boleh keluar masuk kawasan istana ini tanpa izin dari pegawai-pegawai istana. Jika ada berlaku sedemikian, maka parah akibatnya bagi mereka.

Sejurus selepas Tun Ali memasuki perkarangan istana, dia terus menuju ke balai rong. Di sini dia didampingi serta diikuti oleh beberapa pegawai kerajaan dan pembesar-pembesar Melaka. Mereka semua memakai pakaian serba warna-warni dan mahal-mahal belaka. Ada di antara mereka yang memakai baju Melayu dua helai dan ada juga yang memilih untuk memakai baju Melayu sehelai bersama kain samping. Ada yang memakai tanjak berkain kasa rubiya dan ada pula yang bertanjak dengan kain emas sutera. Suasananya sungguh berseri.

Seperti anak-anak orang kaya Melaka yang lain-lain, Tun Ali duduk di hujung balai rong berdekatan dengan pintu gerbang istana. Dari tempat duduknya ini, Tun Ali boleh menyaksikan segala pergerakan dan perbincangan yang berlaku di dalam balai rong itu.

Lazimnya, segala perhatian di balai rong akan tertumpu kepada tokoh-tokoh yang duduk berdekatan dengan singgahsana tahta diraja. Di sebelah kanannya adalah Bendahara Seri Maharaja, Tun Mutahir berserta Seri Nara Diraja dan Tun Tahir manakala di sebelah kiri pula, mereka ialah Laksmana Khoja Hasan dan Temenggung Tun Hasan.

17

Mereka semua duduk didampingi oleh lain-lain pegawai kerajaan, syahbandar dan pembesar-pembesar Melaka. Semuanya kelihatan tampan dan segak belaka. Pada hari itu, mereka sedang sibuk berbicara sesama sendiri tentang sesuatu perkara yang penting.

Matahari sudah naik tegak di atas kepala. Tidak berapa lama kemudian, nobat diraja mulai masuk ke ruang balai rong. Apabila tiba saat sebegini, Tun Ali memang berasa amat bangga sekali. Dia akur melihat kedatangan para pegawai istana masuk ke balai rong.

"Inilah tanda kemegahan negeri Melaka. Adat istiadat beraja yang sudah lama wujud. Setiap titik darah yang mengalir di dalam tubuhku akan aku perjuangkan untuk mempertahankan adat ini," katanya pada diri sendiri.

"Daulat Tuanku!" laungan yang di dahului oleh Datok Bendahara berikut kedatangan pembawa nobat diraja ke dalam balai rong.

"Daulat Tuanku!" bersambut kesemua orang di dalam balai rong ini sambil mengikut gerak Tun Mutahir yang menangkat kedua belah tangannya ke hujung kepala.

Sultan Mahmud datang masuk ke balai rong dengan penuh adat beristiadat. Baginda kelihatan segak berjalan sambil mengenggam keris diraja di tangan kanan. Baginda terus duduk di atas singgahsana tahtanya dan ini diikuti oleh anakandanya, Raja Ahmad yang duduk di tempat khasnya disebelah baginda. Kedua pasangan ini kelihatan cantik dan sepadan dengan baju melayu kuning sutera mereka. Wajah mereka bersinar seperti bulan mengambang penuh. Perbezaannya adalah baginda Sultan memakai destar yang bertatahkan emas berlian dan kalong emas yang berulas-ulas di dada manakala anakanda Raja Ahmad hanya memakai pakaian dan hiasan yang sederhana sahaja. Walaupun Raja Ahmad sudah mencapai peringkat umur lewat remaja, Sultan Mahmud masih tetap kelihatan muda berseri.

"Ampun Tuanku, maaf hamba jika kurang budi bicara. Seluruh kota Melaka gembira dengan kepulangan Tuanku dan anakanda Tuanku, Raja Ahmad dari beristirihat," Tun Mutahir memulakan urusan istana dengan penuh adat istiadat.

"Beta bangga rakyat Melaka gembira dengan kepulangan beta," Sultan Mahmud bertitah dengan nada selamba.

"Datuk Bendahara, apa berita yang tuan hamba hendak sampaikan kepada beta?" baginda menambah kemudian. Matanya tertumpu khas kepada para pembesar yang datang mengadap pada hari itu.

"Ampun Tuanku, segala urusan negeri telah berjalan dengan sempurna dan selamat. Kota Melaka menunggu perintah Tuanku," Tun Mutahir menjawab dengan merendah suara setelah mendengarkan titah baginda. Sultan Mahmud tersenyum bangga mendengar ucapan Tun Mutahir tadi.

Apabila Laksmana Khoja Hasan melihat baginda Sultan gembira dengan laporan Tun Mutahir, dia pun terasa ingin menghadap kepada sultan tentang sesuatu perkara.

"Ampun Tuanku beribu-ribu ampun, izinkan hamba berkata jika Tuanku perkenan," dia pun berkata.

Sultan Mahmud memberikan isyarat tangan supaya Laksmana meneruskan perbicaraannya. Baginda masih lagi memberikan tumpuanya kepada para pembesar.

"Ampun Tuanku, segala urusan negeri Melaka berjalan dengan lancar. Ampun Tuanku," tanpa berfikir panjang, dia berkata lagi.

"Ampun Tuanku, jika titah Tuanku perkenan, hamba ingin bicara seperkara yang perlu disampaikan." Sultan Mahmud kini menoleh mukanya ke arah Laksmana sambil memberikan persetujuannya.

"Tuanku, hamba ingin sampaikan berita mengenai persiapan hulubalang kita bagi mempertahankan kota Melaka.

19

Hamba rasa perkara ini perlu diberi perhatian. Ampun Tuanku!" Laksmana berkata dengan nada suara yang kuat.

"Apakah maksud Datuk Laksmana?" Sultan Mahmud berasa hairan dan bertanya pula kepada Laksmana.

"Tuanku, keperluan hulubalang serta pertahanan kota Melaka tidak dapat dipenuhi kerana hamba diberitahu bendahari negeri tidak mencukupi," Laksmana Khoja Hasan terus menjawab mendengarkan soalan itu tadi.

Terdengar surutan suara di balai rong kemudian. Pegawai-pegawai kerajaan dan syahbandar kelihatan resah gelisah setelah mendengar ucapan Laksmana tadi. Ramai diantara mereka termasuk juga Tun Ali yang ingin tahu apakah maksud sebenar Laksmana Khoja Hasan berkata sedemikian. Tetapi mereka berasa takut kalau baginda Sultan menuduh mereka pula yang bertanggung-jawab keatas masalah tersebut.

"Tuanku, patik di beritahu bahawa para peniaga senjata api dari Gujerat telah menaikkan harga mereka sebab tidak mampu membayar cukai yang di kenakan oleh kita keatas mereka. Ampun Tuanku." Laksmana Khoja Hasan meneruskan perbicaraannya.

"Juga, hamba di beritahu bahawa bendahari istana tak mampu membeli barang dari mereka, ampun Tuanku," Dia menambah. Sekali lagi terdengar surutan suara di kalangan pembesar-pembesar Melaka di balai rong itu.

"Ampun Tuanku, kalau Tuanku perkenan, mungkin Tuan Laksmana dapat beritahu Tuanku apakah sebenar yang ingin disampaikannya," kata Tun Mutahir yang sememang bijak mengetahui keresahan di kalangan pembesar-pembesar Melaka.

Sultan Mahmud bersetuju lalu bertitah, "Cuba Datuk Laksmana terangkan pada beta apakah maksud sebenar tuan hamba."

"Ampun Tuanku, hamba difahamkan ada banyak para peniaga yang tidak membayar cukai perniagaan mereka disini.

Jika tidak, sudah tentu bendahari kita akan penuh, Tuanku."
Laksmana menjawab setelah mendengar soalan baginda Sultan.

Mendengarkan tohmahan ini, baginda sultan berasa seperti diperbudakkan oleh pembesar-pembesar Melaka. Dia yang sememangnya sentiasa curiga terhadap ketaat-setiaan mereka kepadanya lalu duduk tegak seperti hendak menyerang.

"Adakah ini benar pembesar-pembesar Melaka? Mana mungkin para peniaga tidak membayar cukai di tanah bumi Melaka. Siapakah mereka yang berani derhaka hukum beta dan mengambil harta beta?" Sultan Mahmud menoleh ke arah pembesar-pembesar lain dengan penuh marah. Ketegangan wujud di balai rong istana.

"Ampun Tuanku. Pada pendapat hamba, mungkin Tuan Laksmana tersilap diberitahu akan duduk perkara sebenarnya. Mungkin pegawai bendahari dan syahbandar terlalu sibuk menguruskan kawasan perniagaan kerana kota Melaka semakin ramai para peniaga yang datang, ampun Tuanku," Tun Mutahir berkata. Sekali lagi Tun Mutahir berasa dia perlu bertindak untuk menenangkan keadaan.

"Jika Tuanku perkenan, biarlah hamba lihat kedudukan perkara yang sebenar dan pastikan para peniaga tidak menderhakai Tuanku." dia menambah.

Sesudah dia tamat berkata-kata, Tun Mutahir menghadap ke lantai sambil menunggu jawapan yang diberikan kelak oleh Sultan Mahmud. Dia benar-benar berharap agar baginda Sultan bersetuju dengan cadangannya. Jika tidak, padahlah akibatnya terutama sekali bagi para pegawai kerajaan.

"Ampun Tuanku, hamba setuju cadangan Datuk Bendahara itu. Hamba juga harap Tuanku perkenankan agar pertahanan Melaka berjalan dengan segera. Ini disebabkan, hamba ada terima berita mengatakan kota Melaka dicemburui oleh orang-orang asing. Takut-takut nanti kita akan diserangnya, ampun Tuanku." Laksmana Khoja Hasan memohon izin daripada baginda Sultan.

21

Mendengar Laksmana Khoja Hasan bersetuju dengan cadangan Tun Mutahir, Sultan Mahmud pun bertitah perkenan untuk Tun Mutahir siasat terhadap para peniaga asing yang tidak membayar cukai mereka.

"Baiklah. Beta bersetuju dengan cadangan Datuk Bendahara. Beta mau perkara ini diatasi dengan segera." titah Sultan Mahmud dengan nada tinggi tanda kemarahannya.

Sebaliknya, dia memang tidak ambil indah tentang pertahanan kota Melaka. Baginya, negeri Melaka akan wujud buat selama-lamanya dan begitu juga mahkota tahtanya akan turut kekal bersama. Dia mengibaratkan negeri Melaka ini seperti pohon melaka yang tetap berdiri tegak walau dipukul oleh angin laut kencang hari demi hari. Sudah hampir satu abad negeri Melaka di perintah oleh keluarga dirajanya. Dan tidak pernah terlintas dikepalanya bahwa negeri Melaka akan hilang dari genggaman mereka.

Malangnya, pendirian baginda ini tidak selari dengan arus perubahan yang sedang berlaku dipersada dunia terutama di benua Asia pada ketika itu. Bagaikan kata-kata 'meluhur bujur melintas pecah,' kuasa baru dari benua Eropah kini sedang merancang untuk menegakkan kepentingan mereka di benua Asia walau apa pun tentangan terhadapnya. Perkembangan kuasa dan ekonomi Melaka berlaku hanya selepas mendapatkan naungan daripada Maharaja Ming di negeri Cina. Dan selepas kematian Laksmana Cheng Ho, negeri Cina terus hilang minat terhadap negeri-negeri naungannya di kawasan Asia Tenggara. Maharaja Ming yang baru pula lebih gemar menumpukan perhatiannya kepada hal-hal dalaman negeri.

Sementara itu, Tun Mutahir sedang sibuk memikirkan tindakan selanjutnya berikut titah baginda sultan tadi.

"Hanya satu sahaja penyelesaian yang ada untuk mengatasi masalah ini. Aku mesti mengarahkan pegawai-pegawai bendahari dan syahbandar serahkan kepada bendahari negeri segala cukai yang telah diambil dari para peniaga mereka," Tun Mutahir pun duduk di tempatnya kembali sambil berfikir.

"Jika mereka berdegil, aku akan bertindak terhadap mereka. Aku akan pastikan titah baginda Sultan dilaksanakan," dia kemudian bertekad diri.

Di sudut hatinya, Tun Mutahir sedar bahwa dia akan menghadapi banyak cabaran dalam melaksanakan tugasnya itu. Dia tahu banyak pegawai kerajaan dan syahbandar yang telah mengambil cukai yang berlebihan untuk kepentingan mereka sendiri. Pengetahuan ini diketahuinya hasil dari perjumpaan dia dengan para peniaga yang mengadukan nasib mereka kepadanya.

Sejurus kemudian, terdengar bunyi azan dari masjid yang berdekatan. Seperti biasa, Tun Mutahir memohon perkenan Sultan untuk menangguhkan perbincangan kerana hendak pergi ke masjid bagi menunaikan ibadah sembahyang.

"Patik hendak masuk beradu." Sultan Mahmud bertitah sambil memperkenan permintaan Tun Mutahir. Baginda sultan kelihatan amat penat sekali kerana telah lama duduk di balai rong. Tambah lagi, berita tentang bendahari negeri membuat baginda sultan berasa kurang selesa duduk di balai rong.

"Daulat Tuanku," Tun Mutahir melaung yang kemudian diikuti oleh pembesar-pembesar lain.

Sultan Mahmud berjalan keluar meninggalkan singgahsana tahta dan masuk beradu ke ruang khasnya di dalam istana. Para pembesar turut keluar perlahan-lahan meninggalkan balai rong. Ada di antara mereka yang pergi menuju ke masjid manakala ada yang lain terus keluar dari perkarangan istana.

Para pembesar yang keluar dari perkarangan istana itu termasuklah Raja Mudeliar. Tajuk perbualan kesemua mereka itu sama sahaja. Mereka sedang membincangkan hal yang diluahkan oleh Laksmana Khoja Hasan tadi dan apakah tindakan berikut dari Bendahara Tun Mutahir. Ramai yang

23

berasa risau dan bimbang dengan kesudahannya akibat dari tindakan Tun Mutahir nanti. Bagi mereka yang terlibat dengan pengutipan cukai, harapan mereka agar Tun Mutahir tidak terus melucutkan jawatan mereka sekiranya ada kesalahan yang telah dilakukan.

"Walaupun pengutipan cukai telah ditetapkan oleh kerajaan di bawah kanun 'Adat Temenggung', kita sebagai pegawai-pegawai kerajaan masih tetap mempunyai tanggungjawab tersendiri bagi memastikan kawasan peniagaan di bawah pentadbiran kita berjalan dengan lancar." Demikian kata-kata angkuh dari kebanyakkan mereka.

"Apakah salahnya kalau kita mengambil cukai yang berlebihan dari para peniaga? Tidakkah kita telah berjaya pastikan segala urusan pentadbiran berjalan dengan baik?" tambah mereka sesama sendiri.

Perbincangan mereka berterusan sehingga sampai di luar perkarangan istana. Mereka merasa amat gusar dengan tindakan selanjut dari Datuk Bendahara yang telah diberikan kepercayaan dan kuasa penuh oleh baginda Sultan.

Tun Mutahir adalah di antara pembesar-pembesar yang menuju ke masjid untuk melakukan sembahyang Zohor. Mereka ini juga termasuklah Tun Ali, anak bangsawan Melaka. Sampai sahaja di masjid, mereka terus mengambil air wudu' untuk menunaikan ibadah sembahyang tanpa berlengah lagi.

Setelah qamat habis dilaungkan, solat Zohor pun dimulakan oleh para jemaah dengan di ketuai oleh Tok Imam dari Gujerat. Segala masalah duniawi mereka diketepikan untuk sementara waktu itu.

Bab IV

JUARA OLAH RAGA

Hari ini adalah hari yang istimewa di kota Melaka. Ia berlaku sehari sahaja dalam setahun. Ramai anak-anak muda Melaka yang menunggu kedatangannya kerana hari ini memberi peluang kepada mereka untuk menguji bakat bersama anak-anak muda dari lain daerah dan negeri. Bilangan mereka yang mengambil bahagian dalam pertandingan olah raga pastinya ramai. Hari ini juga memberi peluang kepada anak-anak dara orang kaya Melaka untuk turun ke perkarangan istana. Selain menyaksikan pertandingan tersebut, ini juga memberi mereka kesempatan untuk bertemu semula dan berkenal-kenalan dengan anak-anak orang yang kaya dari lain daerah dan negeri.

Hari tersebut bersamaan pada hari Jumaat. Maka terdapat ramai orang di kota Melaka mengerjakan solat Jumaat di masjid-masjid. Di perkarangan istana, baginda Sultan turut mengerjakan ibadah sembahyang di masjid istana. Baginda memakai persalinan baju yang sederhana saja tetapi tetap nampak segak dan tampan. Baginda ditemani oleh anakandanya, Raja Ahmad, beserta pembesar-pembesar Melaka termasuklah Bendahara Tun Mutahir, Temenggung Tun Hasan, Laksmana Khoja Hasan dan yang lain-lain.

Sejurus sahaja tamat solat Jumaat, Tun Mutahir menjemput baginda Sultan ke gelanggang olah raga untuk menyaksikan pertandingan ini. Sultan Mahmud menerima pelawaannya dan bersama dengan anakanda dan pembesar-pembesarnya, mereka menuju ke tempat tersebut. Setelah sampai, Tun Mutahir menjemput baginda duduk di atas sebuah ambin khas lagi berteduh manakala Raha Ahmad dan pembesar-pembesar yang lain duduk di tempat khas masing-masing. Sultan Mahmud tersenyum bangga apabila baginda duduk ke tempat khasnya.

"Ramai sungguh rakyat beta datang menyaksikan pertandingan ini." Sultan Mahmud berkata kepada Tun Mutahir. Tun Mutahir mendengar sambil tersenyum manis.

"Rakyat Melaka merasa bertuah mempunyai kerajaan yang adil dan baginda sultan yang bijak." jawab Tun Mutahir kepada baginda sultan.

"Berapa ramaikah peserta kita pada tahun ini, Datuk Bendahara?" tanya Sultan Mahmud dengan kesungguhan sambil melihat sekelilingnya. Pertandingan pada tahun yang lepas telah menyaksikan bilangan peserta yang lebih dari tahun-tahun sebelumnya. Baginda berharap agar bilangan peserta akan bertambah terutama dari negeri-negeri lain di rantau ini.

"Patik di beritahu bahawa peserta kita untuk tahun ini telah bertambah dari tahun yang lalu, tuanku." beritahu Tun Mutahir kepada Sultan Mahmud. Dia berharap agar baginda akan rasa bangga dengan berita itu.

Sebelum itu, Tun Fatimah, anak perempuan Tun Mutahir, sedang meminta izin daripada ibunya untuk pergi menyaksikan pertandingan olah raga ini selepas habis menunaikan solat Jumaat di hilir kampung. Pada mulanya, ibunya berasa keberatan untuk mengizinkan dia pergi. Tun Fatimah yang sememang cekal hati tetap merayu juga.

"Bonda, anakanda akan pergi sebentar sahaja. Selepas itu, anakanda akan cepat pulang. Lagipun, anakanda pergi ke sana bersama dengan adinda Tun Karim. Bonda tidak perlu risau." Demikianlah rayuan Tun Fatimah sehingga ibunya mengalah lalu bersetuju untuk mengizinkannya pergi.

"Bonda harap anakanda pulang segera sebelum solat asar habis." pesan ibunya.

Ketika Tun Fatimah sampai di gelanggang olah raga, terdapat ramai orang yang telah berada di situ. Setiap tempat duduk yang mengelilingi gelanggang itu sudah diduduki orang. Tun Fatimah kemudian mencari-cari jika ada terdapat temannya di antara mereka yang sudah sampai. Mujurlah terdapat sepupunya, Tun Terang yang duduk di sisi ayahya, Tun Tahir. Tun Fatimah menurunkan selendang dari kepalanya lalu mengajak Tun Karim pergi menuju ke arah Tun Terang di hujung dewan gelanggang itu.

Apabila dia sudah sampai dekat di mana Tun Terang sedang duduk, Tun Fatimah menghulurkan tangan kepada sepupunya sambil bersalaman. Mereka kemudian duduk bersebelahan dengan adinda Tun Karim di sebelah hujung mereka. Tun Fatimah melihat ayahnya, Tun Mutahir duduk berdekatan dengan ambin di mana baginda Sultan sedang duduk. Dia berasa bangga melihatkan ini. Dia juga sangat gembira dapat menyaksikan pertandingan ini bersama ayah dan teman-temannya yang lain. Sebagai anak jati Melaka, peraduan ini adalah satu-satunya kemegahan mereka.

Acara dimulakan apabila pengelola pertandingan mendapat perkenan baginda Sultan dan ini diikuti oleh para peserta yang mulai masuk ke dalam gelanggang. Tahun ini terdapat ramai peserta yang mengambil bahagian dan mereka berasal dari berlainan daerah dan negeri. Di antara mereka itu adalah Tun Ali, kegemaran anak-anak kota Melaka. Para penonton menyorak kegembiraan apabila melihat Tun Ali masuk ke gelanggang.

Semua peserta diarahkan berkumpul menjadi tiga bulatan kecil untuk bermain. Semua kumpulan itu kemudian memulakan permainan apabila pengelola memberikan isyaratnya. Setiap sepakan yang di buat oleh pemain-pemain diberi sepenuh perhatian dan jolokan oleh para penonton. Ramai di antara pemain ini yang gugup apabila mendengar sorakan tersebut lalu gagal mengawal raga rotan itu.

Akibatnya, satu demi satu antara pemain itu yang dibuang keluar dari pertandingan.

Keadaan menjadi hangat apabila pemain-pemain dikumpulkan menjadi satu kumpulan. Bilangan mereka kini hanyalah sepuluh orang sahaja. Mereka itu termasuklah Tun Ali, Hang Nadim dan seorang anak orang kaya Pasai yang bernama Panglima Awang.

Setelah bermain selama satu jam, permainan pun sampai kemuncaknya. Tun Ali kelihatan masih segar dan berupaya mengawal raga dengan baik setiap kali diumpan oleh pemain-pemain lain. Begitu juga dengan Hang Nadim serta Panglima Awang. Tanpa disedari peraduan hanya tinggal mereka, ketiga-tiga pemain tersebut.

Di suatu ketika kemudian, Panglima Awang sengaja menghantar raga ke bahagian kiri badan Hang Nadim yang sememang tidak biasa menimang raga dengan kaki kirinya. Apabila Hang Nadim cuba menyepak kembali, dia hilang timbangan lalu terlepas raga itu daripada dirinya. Akhirnya, tinggallah Tun Ali, yakni kegemaran orang-orang kota Melaka bersaing dengan Panglima Awang, tunggak harapan peniaga-peniaga Pasai.

Panglima Awang adalah seorang pemain yang handal dan amat tangkas pergerakannya serta tidak mudah dikalahkan. Pada hari itu, keyakinannya tidak langsung tergugat apabila berdepan dengan Tun Ali.

"Dahulu sudah aku katakan. Kita akan berjumpa lagi. Sekarang aku akan tunjukkan kepada tuan hamba macam mana anak Melaka berbudi bicara." Tun Ali berkata dihatinya ketika dia hendak menyepak.

Tun Ali memulakan semula pertandingan dengan menimang raga. Bila sampai sahaja sepakan yang ketiga, dia menghantar raga itu tinggi untuk Panglima Awang menerimanya. Panglima Awang tidak berasa gamam dengan hantaran dari Tun Ali. Sebaliknya, dia menggunakan kepalanya untuk menahan dan menimang raga itu. Sambil menjeling ke arah Tun Ali, dia kemudian menyepakkan raga ke arah lawannya di paras lutut kakinya.

"Cubalah tuan hamba terima hantaran aku ini." berkata Panglima Awang dihatinya dengan harapan agar Tun Ali akan kecundang.

Tun Ali dengan tenang memerhatikan sepak dari Panglima Awang. Dia terus menguis raga dengan tumit kanannya lalu menimang dengan menggunakan paha kirinya. Apabila sudah tiga kali menimang, dia pun menanduk dengan keras ke arah Panglima Awang.

"Terimalah pula tandukan ligat hamba ini." cabar Tun Ali kepada Panglima Awang.

Disebabkan ketangkasan Tun Ali, Panglima Awang terkejut lalu membuat kesilapan. Dia kehilangan timbang diri lantas menyepak raganya dengan lemah sekali. Setelah dia kecundang, Tun Ali diangkat menjadi juara olah raga.

Kemenangan Tun Ali itu disambut dengan penuh keriangan oleh para penonton. Ada di antara mereka yang memekik namanya berkali-kali. Keghairahan orang-orang Melaka ini disambut baik oleh baginda Sultan yang turut memberikan senyuman lebar setiap kali Tun Ali memandang ke arahnya. Seluruh kota Melaka pun bergembira pada hari itu.

"Syukur, tuan hamba," Panglima Awang kemudian datang berjumpa Tun Ali dan mengucapkan tahniah.

"Tuan hamba, beginilah adat orang bersaudara," Tun Ali membalas dengan menepuk bahunya sambil berkata.

"Bila saudara ada masa lapang, datanglah ke rumah hamba. Kita berkenal-kenalan lebih panjang lagi," Tun Ali kemudian menambah. Setelah Tun Ali habis berkata, Panglima Awang tersenyum sambil mengangguk kepalanya.

Bagi Tun Fatimah pula, perasaannya terhadap Tun Ali kini berubah menjadi cinta berahi. Memang sejak dari dahulu lagi dia ingin berkenalan dengan Tun Ali walaupun ada jurang umur yang besar di antara mereka. Baginya, Tun Ali adalah

29

jejaka pertama yang dia ingin hidup bersama. Perasaan ini tidak pernah berubah di lubuk hatinya.

Setelah baginda Sultan menganugerahkan Tun Ali dengan juara kalungan, terdengar di sudut hati Tun Fatimah berkata.

"Oh tuan, bilakah kita akan bersua muka? Ingin sekali hamba bertemu dan meluahkan perasaan hamba ini pada tuan."

Hari pun hendak masuk waktu Maghrib, Tun Fatimah teringatkan janji yang telah di buat dengan ibunya. Dengan segera, dia mengajak Tun Karim berangkat pulang ke rumah. Walaupun hati mereka keberatan namun kedua beradik ini tetap berangkat pulang ke rumah mereka di hilir kampung. Di sepanjang perjalanan, Tun Karim mengulangi setiap peringkat permainan olah raga tadi. Sebaliknya, Tun Fatimah hanya teringatkan Tun Ali, jaguh olah raga tahun ini.

Tidak berapa jauh dari kota Melaka, kelihatan beberapa buah kapal Portugis sedang menuju ke kota tersebut. Kapal-kapal ini tidak besar buatannya. Tetapi mereka sarat dengan muatan dagangan serta peralatan peperangan. Mereka diketuai oleh seorang Laksmana muda bernama Diego Lopes de Seqeuira. Tujuan mereka datang ke rantau sini adalah untuk berdagang sambil memantau keadaan. Orang Portugis telah mendapat berita tentang kota Melaka dari para pedagang bangsa lain. Justeru itu, kota Melaka menarik perhatian ketua mereka di negeri Portugis. Kini Laksmana de Seqeuira diutus oleh mereka untuk melihat sendiri kebenaran berita tentang kota Melaka dan membuat laporannya kemudian.

"Beritahu kapten kapal-kapal lain supaya menyimpan meriam-meriam mereka di dalam kapal. Kita tidak mahu orang Melaka melihatnya dan menjadi curiga dengan kedatangan kita," Laksmana de Sequeira memberikan arahan kepada anak-anak kapalnya.

"Dan siapkan hadiah-hadiah untuk Raja Melaka. Kita akan pergi menghadap baginda apabila sampai di Melaka kelak," tambahnya lagi.

Laksmana de Sequeira kemudian merenung jauh ke arah kota Melaka. Dia seolah-olah dapat melihat kota itu dari kapalnya dan juga mendengar sorakan orang-orang Melaka dalam kegirangan mereka.

"Mungkinkah kota Melaka ini seindah seperti yang disampaikan padaku? Bagaimana kalau ia tidak benar dan hanya perbualan kosong para peniaga Asia? Bagaimana pula kalau orang Melaka ini bersifat dengki? Sudah tentu mereka akan berlaku kejam terhadap aku dan orang-orang aku." timbul berbagai kemuskilan di kepala Laksmana de Seqeuira.

Hatinya menjadi risau memikirkan tentang perkara itu. Tidak lama kemudian terukir satu senyuman diwajahnya.

"Bagaimana pula jika ia benar-benar sebuah kota yang penuh dengan berbagai barang-barang dagangan dari seluruh pelusok Asia. Dan orang Melaka mengizinkan kita berniaga di sana. Sudah tentu beruntunglah kita," hatinya berkata lagi.

"Aku harus bersiap sedia untuk semua kemungkinan. Raja Portugis telah meletakkan sepenuh kepercayaan terhadap aku." de Seqeuira mengingatkan dirinya.

"Usaha untuk membuka laluan dagangan di benua Asia Tenggara mesti berjaya. Aku harus lakukan dengan sebaik-baiknya. Aku tidak patut gagal." tekad de Seqeuira pada dirinya sendiri.

Pukulan angin laut Selat Melaka kemukanya membuat de Seqeuira terlupa sebentar masalah yang akan dihadapi nanti. Dia asyik berseronok seperti seorang anak kecil yang bermain-main di pantai sambil ombak laut datang memukul. De Seqeuira merenung jauh ke arah kota Melaka.

Bab V

BERTENTANG MATA

Hari ini adalah tanggal 30 Jamadilawal 915 Hijrah bersamaan 11 September 1509. Setelah berlabuh di perairan kota Melaka, Laksmana Diego Lopes de Sequeira dengan anak-anak kapalnya pun turun kapal dan pergi menghadap baginda Sultan di istana. Tujuan mereka adalah meminta izin untuk menjalankan perniagaan di kota itu. Mereka juga ada membawa bersama beberapa barang yang amat berharga serta unik untuk dihadiahkan kepada baginda Sultan. Diharapkan oleh mereka agar hadiah-hadiah ini dapat menghambat hati baginda Sultan lalu memenuhi permintaan mereka.

Di sepanjang perjalanan ke istana, pegawai-pegawai Portugis atau Feringgi itu dikerumuni oleh orang-orang Melaka yang hairan dengan rupa bentuk dan jenis pakaian mereka. Terdengar juga panggilan 'Benggali Putih' yang di lemparkan oleh mereka kepada tetamu tidak diundang ini. Di samping itu, para peniaga dari negeri Arab dan Gujerat mencurigai kedatangan orang Portugis untuk berniaga di kota Melaka. Kecurigaan ini dibincangkan sesama mereka sendiri di kawasan perniagaan jauh dari kawasan istana.

Ketika orang-orang Portugis sedang menuju ke istana, Tun Mutahir telah lama berada di balai rong bersama dengan beberapa pembesar Melaka yang lain. Mereka sememangnya menantikan kehadiran orang Portugis datang mengadap Sultan di balai rong. Mereka juga sedang berbincang sama ada hendak menasihati baginda Sultan menerima atau menolak permintaan orang Portugis untuk berniaga di sini.

32

Para pembesar Melaka yang menolak kedatangan orang Portugis termasuklah Tun Mutahir, Tun Tahir dan Temenggung Tun Hasan. Bagi mereka, orang Portugis ini mengancam keselamatan Melaka dan jika dibiarkan, mereka akan mengambil alih kota ini secara keras dan ganas seperti mana yang telah mereka lakukan dengan kota-kota orang Moor di Semenanjung Iberia.

Kumpulan pembesar-pembesar Melaka yang inginkan orang Portugis berdagang di kota ini pula termasuklah pegawai-pegawai kerajaan serta syahbandar seperti Raja Mudeliar. Bagi mereka, kedatangan orang Portugis membuka lebih banyak peluang bagi kota Melaka untuk berkembang pesat dan menambah kekayaannya. Mereka juga tidak percaya kepada anggapan bahawa orang Portugis mengancam keselamatan Melaka.

Sebelum Laksmana de Sequeira masuk mengadap, Sultan Mahmud tiba di balai rong lalu disambut oleh pembesar-pembesarnya dengan laungan "Daulat Tuanku!" Tanpa berlengah lagi, Tun Mutahir memberitahu baginda bahawa Laksmana de Sequeira sedang menunggu untuk menghadap baginda.

"Datuk Bendahara, bolehkah tuan hamba beritahu beta apa pendapat tuan hamba terhadap peniaga asing ini?" Sultan Mahmud kemudian bertanyakan kepada Tun Mutahir.

"Ampun Tuanku, mohon maaf jika hamba bersifat biadap. Pada pendapat hamba, Tuanku tidak harus memberi izin kepada Feringgi duduk berniaga di kota Melaka," Tun Mutahir berfikir sebentar lalu menjawab.

"Datuk Bendahara, tidakkah tuan hamba fikir bahawa kedatangan mereka di kota beta akan menambahkan kemasyuran negeri beta?" Sultan Mahmud kelihatan hairan dengan jawapan Tun Mutahir lalu menyusul bertanya.

"Ampun Tuanku beribu ampun, hamba rasa orang Feringgi ini ada mempunyai muslihat tersendiri untuk datang ke sini. Mengikut firasat hamba, Tuanku harus berhati-hati dengan tingkah laku mereka. Ampun Tuanku," sekali lagi Tun Mutahir diam berfikir sebelum menjawab soalan baginda Sultan.

Sultan Mahmud masih tidak berpuas hati mendengarkan jawapan Tun Mutahir. Lalu dia menoleh ke arah para pembesar lain dan bertanya kepada mereka.

"Apa pendapat tuan-tuan pembesar Melaka? Adakah tuan hamba semua bersetuju dengan Datuk Bendahara?" soalan ditujukan kepada pembesar-pembesar lain di balai rong.

"Ampun Tuanku beribu ampun. Pada pendapat hamba, anggapan Tuanku terhadap kedatangan orang Feringgi ini memang benar. Patik rasa mereka akan menambahkan kekayaan dan kemasyuran kota Melaka, ampun Tuanku," Raja Mudeliar memberanikan hatinya lalu bersuara setelah mendengar pertanyaan baginda Sultan kepada para pembesar.

"Bagus, orang kaya. Beta amat bersetuju dengan memanda," Sultan Mahmud berkata sambil tersenyum lega hati setelah mendengar jawapan Raja Mudeliar. Mendengarkan ucapan baginda, Raja Mudeliar berasa puas sebab pegawai-pegawai kerajaan kini akan mendapat peluang menambah keuntungan negeri dan diri sendiri.

Sultan Mahmud kemudian memperkenan Laksmana de Sequeira datang masuk mengadap di balai rong.

Laksmana de Sequeira yang telah lama menunggu di luar balai rong mula berasa resah. Sejurus sahaja dia diperkenankan masuk mengadap sultan oleh Tun Sara Diraja, hatinya menjadi sejuk dan lega. Selepas beberapa titik langkah masuk ke balai rong, de Sqeuira pun memberi hormat kepada baginda Sultan. Dia berdiri agak jauh dari tempat singgahsana baginda sultan, sepertimana dia diarahkan oleh Tun Sura Diraja.

"Yang disanjung tinggi Sultan Melaka, saya adalah wakil bagi Raja Manuel yang memerintah negeri Portugis," dia menyampaikan ucapannya melalui seorang perantara.

"Terimalah hadiah dari Raja Portugis sebagai tanda hurmat kami kepada Sultan Melaka," dia berkata sambil mempersembahkan hadiah-hadiah yang dibawa bersamanya kepada baginda Sultan.

Sultan Mahmud tersenyum bangga melihat hadiah-hadiah tersebut dan bertanyakan tujuan mereka datang ke Melaka. Jawab Laksmana de Sequeira dengan tenang.

"Kami mendapat tahu kota ini mempunyai kerajaan yang adil lagi bijaksana. Lagipun, kota ini terkenal dengan barang-barang dagangan yang bermutu tinggi lagi berbagai jenis. Dari itu, izinkanlah kami berdagang di kota Melaka ini. Patik benar-benar berharap agar baginda Sultan tidak menolak permintaan kami ini."

Setelah mendengar ucapan Laksmana de Sequeira itu, Sultan Mahmud berasa berbangga dan berhajat untuk tidak mahu menolak permintaan orang Portugis. Tanpa banyak bicara, baginda pun bertitah memperkenankan orang-orang Portugis berniaga di kota Melaka. Baginda juga mengarahkan Temenggung Tun Hasan supaya melayani keperluaan orang Portugis di kawasan perniagaan kota.

Mendengarkan titah itu, Tun Mutahir berasa hampa namun, dia tetap menerima keputusan baginda. Dia sememangnya rapat dengan peniaga Arab dan Gujerat. Dan melalui mereka ini, dia mendapat banyak kabar angin tentang tujuan sebenar Portugis datang kesini iaitu untuk menguasai setiap kota perdagangan di benua Asia bagi memperluaskan kuasa monopoli mereka.

"Orang Feringgi mengambil peluang dari keengganan Maharaja Cina untuk menumpukan perhatian terhadap negeri-negeri naungannya disini. Kita kini tidak ada pilihan lain. Kota Melaka mesti mempertahankan nasibnya sendiri," bisik hati Tun Mutahir. Sejurus kemudian, wajah Tun Mutahir menjadi kusut kerana kerisauan.

"Bagaimana hendak aku mengukuhkan pertahanan kota Melaka? Orang Feringgi mempunyai peralatan peperangan yang kuat lagi lasak. Macam mana harus aku menentang mereka? Kepada siapakah aku harus minta bantuan pertolongan?" demikianlah soalan-soalan rumit yang timbul di dalam hati Tun Mutahir.

Setelah menerima utusan Raja Portugis tadi, Sultan Mahmud memberitahu bahawa baginda ingin masuk beradu. Pembesar-pembesar Melaka kemudian memberi taklimat "Daulat Tuanku!" dan keluar beramai-ramai dari istana.

Laksmana de Sequeira turut keluar bersama para pembesar Melaka. Dia berasa gembira dengan tercapainya matlamat datang ke Melaka. Dalam perjalanan pulang ke kapal bersama lain-lain pegawai Portugis, mereka jalan beramai-ramai dengan hati riang gembira.

"Esok, kita bawa turun barang-barang perdagangan dari kapal. Kita tunjukkan kepada orang Melaka bahawa orang Portugis memang berminat untuk berniaga dengan mereka," berkata de Seqeuira kepada anak-anak kapalnya.

Tidak berapa jauh dari Laksmana de Sequeira dan orang-orangnya, Tun Mutahir sedang berjalan perlahan-lahan menuju ke tempat usungannya. Sambil berjalan, dia sibuk memikirkan sesuatu perkara. Dia kemudian dirapati oleh Tun Ali yang datang dari kirinya.

"Datuk Bendahara, bolehkah patik berbicara dengan datuk?" tanya Tun Ali.

Tun Mutahir tersenyum mendengar suara yang dia kenali tetapi sudah lama tidak kedengaran.

"Silakan, anak muda." jawab Tun Mutahir.

Dengan penuh kejujuran, Tun Ali pun memberitahu Tun Mutahir.

"Sebenarnya Datuk, patik bersetuju dengan pendapat tuan hamba. Patik rasa kita tak harus menerima kedatangan Feringgi dengan tangan terbuka." Tun Mutahir menjawab sambil mengangguk kepalanya sedikit.

"Kenapa anak muda bercakap sedemikian?" Tun Mutahir bertanya pula setelah habis Tun Ali berbicara.

36

"Patik ada banyak menerima kabar angin dari peniaga-peniaga lain terhadap Feringgi. Dan kebanyakanya tidak baik belaka." Sekali lagi Tun Ali menjawab dengan penuh kejujuran. Dia akhiri kata-katanya dengan mengelengkan kepalanya.

"Sekarang, baginda Sultan telah memberikan perkenan untuk Feringgi berniaga di sini. Apakah yang Datuk rasa kita perlu lakukan?" Tun Ali meneruskan perbicaraannya dengan Tun Mutahir.

Ketika Tun Mutahir hendak menjawabnya, dia berasa seperti ada orang sedang memerhatikan mereka. Dia memandang ke belakang lalu terlihat Raja Mudeliar sedang berjalan berdekatan dengan mereka.

"Tun Ali, sudikah tuan hamba bersantap dirumah hamba? Hamba rasa tuan hamba sudah lama tidak berkunjung ke rumah, bukan begitu?" Tun Mutahir berkata dengan suara perlahan.

"Kalau datuk sudi menjemput hamba, bagaimana hamba harus menolaknya. Seperti kata orang, rezki Allah jangan ditolak," kata Tun Ali yang kelihatan tergamam dengan perlawaan mengejut Datuk Bendahara.

"Baguslah begitu. Biar hamba pulang dahulu dan beritahu keluarga akan kedatangan tuan hamba. Nanti kelak bolehlah kita makan masakan istimewa ibunda." kata Tun Mutahir dengan gembira. Kedua mereka tersenyum setelah mendengarkan ucapan Tun Mutahir tadi.

Maka berpisahlah kedua orang itu dengan Tun Mutahir ditandu pulang ke rumahnya di hilir Melaka. Tun Ali memerhatikan sahaja usungan itu bergerak.

"Sungguh menakjubkan Datuk Bendahara ini. Kenapa pula aku dijemputnya ke rumah?" Soalan itu berligar-ligar di kepala dan di hatinya.

Apabila Tun Ali sampai di rumah Datuk Bendahara, dia disambut oleh Tun Mutahir di berandah. Sejurus sahaja mereka duduk di situ, perbincangan awal tadi dimulakan semula oleh Tun Mutahir jauh dari pandangan orang.

"Tun Ali, hamba berasa bangga apabila anak-anak muda kita mengambil berat terhadap perkara yang penting kepada negeri Melaka," Tun Mutahir berkata.

"Terutama sekali anak-anak muda seperti tuan hamba yang berasal dari keturunan yang baik. Ayahanda kamu adalah Datuk Bendahara yang amat berjasa kepada negeri Melaka. Ramai orang Melaka yang berasa terhutang budi dengan jasa baktinya dalam memasyhurkan negeri kita," Tun Mutahir meneruskan percakapannya.

Tun Ali mendengar kata-kata Tun Mutahir dengan penuh tekun seperti seorang penuntut mendengar ajaran yang diberikan oleh tok gurunya.

"Terima kasih, Datuk Bendahara. Datuk juga tidak kurang handal orangnya dan adalah seorang pembesar yang terpuji di Melaka ini. Semua orang tahu akan kebijaksaan datuk dalam menguruskan hal-hal negeri," Tun Ali menjawab sejurus sahaja Tun Mutahir habis berkata-kata.

"Tapi datuk, bagaimana dengan hal Feringgi ini? Apa yang harus dilakukan sekarang?" Tun Ali menambah.

"Baginda Sultan sudah berikan perkenan. Kita terima sahaja titah baginda." Tun Mutahir membuat keputusan untuk memujuknya setelah mendengarkan kesungguhan kata-kata Tun Ali.

"Bagaimana kalau benar kabar angin itu, datuk?" Tun Ali mencelah,

"Biar hamba menguruskan perkara itu kalau baginda Sultan perkenan." Tun Mutahir dengan pantas pula menjawab.

Sejurus kemudian timbul pula isteri Tun Mutahir menjemput kedua-dua lelaki ini bersantap di ruang rumah. Setelah di pelawa oleh Tun Mutahir, Tun Ali bergerak menuju ke ruang makan. Lalu dia pun terpandang anak perempuan datuk bendahara, Tun Fatimah yang sedang menyiapkan hidangan. Terus hatinya terpegun melihat kecantikan Tun

38

Fatimah. Rambutnya yang ikal mayang, kulitnya yang putih gebu, matanya yang hitam bulat, hidungnya yang sederhana mancung, bibirnya yang bak merah delima dan badannya yang kurus lampai, semua ini membuat Tun Ali terpegun dengan keelokan Tun Fatimah dan ingin lebih mengenalinya.

"Aduhai, sesungguhnya hatiku telah tertawan dengan bidadari ini." Tun Ali menyuarakan isi hatinya sendirian.

"Apakah yang harus aku lakukan untuk mengambil perhatian bidadari ini?" kata hatinya lagi dengan penuh kesungguhan.

Sedang dia makan, Tun Ali kelihatan tidak sedar akan keenakan hidangan yang telah disediakan. Sebaliknya, fikiran dia berkecamuk sehingga ditegur oleh Tun Mutahir.

"Adakah hidangan ini kurang enak, anak muda?" tanya Tun Mutahir dengan risau hati.

"Oh, maafkan hamba, Datuk Bendahara. Hamba teringatkan sesuatu perkara sebentar tadi." jawab Tun Ali dengan tersipu-sipu sambil memasukkan sesuap nasi kemulutnya.

Setelah Tun Mutahir dan Tun Ali habis bersantap, Tun Mutahir menjemput Tun Ali menunaikan solat Asar di rumahnya kerana hari sudah hampir senja. Tun Ali menerima pelawaan itu dengan senang hati dan terus pergi mengambil air wudu' di kola air berdekatan. Dia ternampak Tun Fatimah yang sudah berada di sana. Dengan segera, Tun Ali pergi menghampiri Tun Fatimah sambil menegurnya dengan nada manja.

"Maafkan hamba, tuan." katanya sambil memandang Tun Fatimah.

Di saat itu juga, mata kedua pasangan ini bertentangan antara satu sama lain. Tun Fatimah tersenyum malu sementara Tun Ali merenung tajam ke wajah Tun Fatimah. Segala perkara yang penting kini hilang dari fikiran mereka. Yang tinggal hanyalah cinta berahi antara dua insan. Maka dengan itu juga terkabullah doa Tun Fatimah untuk bersemuka dengan Tun Ali, jejaka idaman hatinya.

Hari pun mendekati senja.

Bab VI

PERTUMPAHAN DARAH

Suasana di kota Melaka menyebabkan rakyatnya amat resah gelisah pada hari ini. Ramai peniaga yang tertanya-tanya sesama sendiri, apakah yang akan berlaku selanjutnya. Mereka juga ingin tahu sama ada baginda Sultan akan bertindak sebelum terlambat. Perbincangan ini sampai kepada pengetahuan para pembesar Melaka. Ada yang ketahuinya secara terbuka dan ada yang diberitahu secara rahsia. Pendeknya, ramai peniaga di Melaka dalam keresahan dan ingin sesuatu dilakukan oleh pihak istana.

Bendahara Tun Mutahir adalah orang yang pertama-tama mengetahui tentang keresahan yang dialami oleh para peniaga Melaka. Dia memang ingin menyampaikan berita itu kepada baginda Sultan. Tetapi belum sempat dia pergi mengadap, Sultan Mahmud telah menyuruh Tun Sara Diraja memanggil para pembesar menghadapnya di balai rong pada hari itu. Tun Mutahir sudah bersiap sedia dengan hujah yang hendak disampaikannya kepada baginda Sultan nanti.

"Insyallah, moga-moga baginda terima nasihatku," kata Tun Mutahir pada diri sendiri.

Apabila Sultan Mahmud masuk ke balai rong, baginda terus bertanya kepada Laksmana Khoja Hasan tentang berita terkini.

"Laksmana, apakah berita yang tuan hamba ingin sampaikan kepada beta hari ini? Beta difahamkan ramai peniaga asing dalam keresahan dengan berita penaklukan kota Goa oleh Feringgi."

41

"Ampun Tuanku, titah Tuanku patik junjungi. Hamba diberitahu bahawa para peniaga di kota Melaka inginkan orang-orang Feringgi di halau dari sini, ampun Tuanku." Laksmana Khoja Hasan menjawab. Dia tahu berita ini tidak akan diterima baik oleh baginda Sultan tetapi Laksmana Khoja Hasan tetap dengan caranya yang berterus terang.

Sultan Mahmud sedari kesilapannya mengizinkan Portugis berniaga di Melaka apabila dia enggan mengikut pandangan dan nasihat pembesar-pembesarnya tempoh hari. Musuh yang terang kini sudah berada di depan pintu.

"Apakah mungkin beta, yakni Raja Melaka boleh melakukan kesilapan sedangkan Melaka tidak akan wujud tanpa beta," fikirnya sendiri.

"Beta akan mengarahkan pembesar-pembesar Melaka untuk mencari huraian kepada masalah ini. Bukankah itu tugas dan tanggungjawab mereka kepada beta?" dia menambah lagi.

Keadaan menjadi hening di balai rong setelah mendengar ucapan Laksmana tadi. Semua pembesar ingin tahu apakah tindakan selanjutnya oleh baginda Sultan. Walaupun mereka tahu bahawa baginda tidak mempunyai keputusan selain dari menghalau orang Portugis namun, mereka semua menantikan titah baginda untuk melakukan perkara tersebut.

Seperti biasa, Tun Mutahir yang lebih fahami kedudukan perkara dari pembesar lain, ingin memastikan kedudukan baginda Sultan tidak dicemari akibat peristiwa buruk ini.

"Baginda Sultan tidak boleh dipandang lemah. Jika tidak, kerajaan pun akan turut lemah di mata rakyat jelata." fikir akalnya. Setelah lama berdiam, Tun Mutahir memulakan hujahnya.

"Ampun Tuanku, izinkan patik berbicara Tuanku." katanya dengan nada tenang. Sultan Mahmud yang sememangnya menunggu Datuk Bendahara memberi huraian kepada masalah ini, terus bersetuju.

42

"Silakan, datuk," baginda memberikan titahnya dengan penuh harapan.

"Ampun Tuanku, pada hemah patik, orang Feringgi telah memungkiri janji mereka kepada Tuanku." Tun Mutahir kemudian berkata. Para pembesar lain kesemuanya berdiam diri dan menanti ucapan Tun Mutahir selanjutnya.

"Mereka telah menghina kedudukan Tuanku apabila mereka tidak datang menghadap Tuanku sebelum menawan Goa. Ampun Tuanku." Dengan cepat ucapan Tun Mutahir ini di sokong oleh lain-lain pembesar.

"Ampun Tuanku, izinkan patik berbicara Tuanku." Tun Tahir pula bersuara. Setelah baginda Sultan memberikan izin, Tun Tahir sambung ucapannya.

"Ampun Tuanku, sebagai negeri berdaulat, Raja Feringgi harus memberitahu Tuanku akan tindakannya terlebih dahulu. Ampun Tuanku." Suara sokongan kian terdengar kuat di balai rong istana.

Sultan Mahmud berasa lega. Kini masalah berpunca daripada kesalahan Portugis dan tidak lagi terhadap keputusannya membenarkan mereka berniaga di sini. Sekarang, baginda seakan tahu pembesar-pembesar Melaka mahu tindakan segera demi untuk mempertahankan kedaulatan negeri.

"Ampun Tuanku, izinkan patik beri tunjuk ajar kepada orang Feringgi kerana kebiadapan mereka kepada Tuanku. Ampun, Tuanku," Laksmana Khoja Hasan berkata.

"Laksmana, bawa hulubalang Melaka dan halau orang Feringgi dari bumi Melaka. Beta tak mahu mereka tinggal disini lebih lama dari sekarang." Sultan Mahmud dengan senang hati memberi titah.

"Ampun Tuanku, titah Tuanku patik junjungi," menyambut titah baginda, Laksmana Khoja Hasan pun menjunjung duli.

Sultan Mahmud kemudian keluar beradu dan diikuti oleh para pembesarnya. Hatinya lega dengan kesudahan yang dicapai di balai rong tadi. Laksmana Khoja Hasan dikerumuni oleh anak-anak muda Melayu yang ingin melibatkan diri dalam menghalau orang Portugis. Di antara mereka termasuklah Tun Ali, anak jati Melaka. Sementara itu, Tun Mutahir menoleh kepada Temenggung Tun Hasan dan memberitahu kepadanya supaya mengarahkan pengawal-pengawal istana berjaga-jaga.

"Tercapailah sudah matlamat aku." Tun Mutahir berkata di hatinya.

Maka bersiap-siaplah Laksmana Khoja Hasan dengan semua hulubalang dan anak-anak muda Melaka di perkarangan istana. Apabila hari masuk waktu asar, Laksmana dengan hulubalangnya pun bergerak menuju ke kawasan perniagaan di mana orang Portugis sedang berdiam. Tanpa berlengah lagi, mereka menyerang orang-orang Portugis termasuklah Laksmana de Sequeira dari beberapa sudut. Laksmana de Sequeira dan anak-anak buahnya membalas dengan beri tembakan senjata api ke arah hulubalang itu. Ramai di antara hulubalang yang mati sebelum mereka sempat menghunus keris mereka. Orang Portugis yang berjumlah beberapa puluh orang termasuk seorang kapten bernama Ferdinand Magellan, cuba melarikan diri dari serangan tersebut. Melihatkan keadaan itu, Laksmana de Sequeira memberi arahan kepada anak-anak buahnya untuk berundur ke kapal mereka. Segala barang dagangan mereka ditinggalkan begitu sahaja.

Apabila orang-orang Portugis sampai ke pantai, mereka dengan cepat menolak sampan lalu mengayuh ke arah kapal-kapal mereka. Kemudian mereka memekik kepada teman-teman mereka di atas kapal supaya menembak ke arah hulubalang Melaka yang mengekori mereka serta menyiapkan kapal untuk belayar. Hulubalang Melaka turut menaiki sampan dan mengejar orang Portugis. Di dalam sampan Laksmana Khoja Hasan, terdapat Tun Ali yang ikut bersamanya. Apabila mereka sampai dekat kapal Portugis, Laksmana Khoja Hasan cuba memanjat naik kapal tetapi dihalang oleh anak kapal Portugis. Sebilah pedang askar Portugis kemudian melukai tangan kanannya lalu dia pun terjatuh ke dalam laut. Melihat keadaan itu, Tun Ali terus menyelamatkan Laksmana Khoja Hasan dan membawa dia naik semula ke dalam sampan.

Tiba-tiba terdengar bunyi tembakan "Das!" dekat sampan itu dan satu tubuh manusia jatuh rebah ke dalam laut.

Serangan hendap ini berlaku di musim angin monsoon dari Laut Cina maka kapal-kapal Portugis itu sempat berlayar keluar dari perairan Selat Melaka. Laksmana de Sequeira berjaya menaiki kapalnya dengan selamat, lalu mengarahkan anak-anak kapal untuk pulang ke Goa dengan segera. Akibat serangan mengejut ini, ramai orang Portugis yang gugur begitu juga yang tercedera. Ada juga di antara mereka yang ditawan oleh hulubalang Melaka.

Apabila kapal-kapal Portugis mulai bergerak meninggalkan perairan kota Melaka, Laksmana Khoja Hasan mengarahkan hulubalangnya berundur pulang. Sungguhpun ramai yang terkorban, matlamat mereka telah tercapai dan titah baginda telah selamat dikurniakan.

Kepulangan Laksmana Khoja Hasan dan hulubalangnya disambut meriah oleh orang-orang Melaka yang tahu berita tentang pemergian kapal-kapal Portugis dari perairan Melaka. Mereka menuju ke istana dengan membawa bersama barang-barang dagangan Portugis yang telah dirampas. Setiba sahaja Laksmana di perkarangan istana, Sultan Mahmud memberi arahan kepada Temenggung Tun Hasan supaya mengizinkan mereka masuk ke balai rong.

Di dalam balai rong, Laksmana Khoja Hasan dengan bangga melaporkan kejayaannya menghalau orang Portugis serta harta rampasan dari serangan itu. Sultan Mahmud berasa sukacita dan terus memuji kejayaan Laksmana dan hulubalangnya.

"Beta berasa bangga dengan kejayaan ini. Dengan suka hatinya, beta anugerahkan harta rampasan ini kepada Laksmana dan semua hulubalang yang ikut bersamanya," Sultan Mahmud berkata.

"Daulat Tuanku!" beberapa kali kedengaran pekikan itu dan suasana di balai rong menjadi riuh.

Sementara itu, Tun Fatimah sedang berada di rumahnya apabila dia diberitahu oleh Tun Karim tentang serangan yang dilakukan keatas orang Portugis. Dia juga diberitahu bahawa Tun Ali ada ikut bersama hulubalang Melaka untuk pergi menyerang. Hati Tun Fatimah menjadi berat mendengarkan berita itu.

"Ya Allah, kau selamatkanlah kekasihku dari segala bahaya." demikianlah doa Tun Fatimah agar Tun Ali terselamat dari sembarang mala petaka. Dengan hati yang cekal dan penuh sabar, dia menunggu berita selanjutnya dari Tun Karim yang telah pergi semula ke kota.

Sejak pertemuan mereka yang pertama kali, Tun Ali dan Tun Fatimah ada sering berjumpa di kota. Ketika itulah, mereka mencurahkan perasaan kasih sayang masing-masing. Jadi, pemergian Tun Ali secara mengejut ini amat merisaukan hati Tun Fatimah. Dia sedar bahawa Tun Ali adalah anak jati Melaka yang sanggup berkorban apa sahaja demi untuk raja dan bangsa. Tetapi dia juga ingin Tun Ali ketahui bahawa dirinya kini sudah terikat dengannya. Keluhan di hatinya kemudian terdengar bergurindam,

> *Cenderawasih burung pujaan,*
> > *Terbang tinggi di awan-awangan.*
> *Oh kekasih yang ku idamkan,*
> > *Hamba rindu pada tuan.*

> *Cenderawasih burung kayangan,*
> > *Hinggap sebentar di atas dahan.*
> *Oh kekasih yang ku sayang,*
> > *Jangan hamba ditinggalkan tuan.*

Sejurus sahaja dia habis menunaikan solat Maghrib, Tun Fatimah terlihat sekumpulan orang datang menuju ke rumahnya. Apabila mereka itu sampai, Tun Fatimah berasa hampa kerana Tun Ali tidak ada bersama mereka.

"Ada adinda berjumpa Tun Ali di kota?" dia berbisik kepada Tun Karim, salah seorang di antara mereka.

"Tidak, kekanda," jawab Tun Karim dengan bersahaja.

Tun Mutahir yang turut pulang bersama Tun Karim pergi kepada Tun Fatimah lalu menyampaikan satu berita kepada Tun Fatimah.

"Anakanda, ayahanda ada suatu hal yang perlu dibicarakan dengan anakanda." berkata Tun Mutahir selepas menarik nafas panjang. Dia kemudian bersambung.

"Sebentar tadi ayahanda ada berjumpa dengan Tun Ali. Dia meminta izin dari ayahanda untuk melamar anakanda. Tetapi ayahanda berkata, nanti ayahanda akan beritahu jawapannya."

"Adakah anakanda bersetuju dengan lamarannya?" Tun Mutahir tersenyum memandang Tun Fatimah. Apabila Tun Fatimah mendengar pertanyaan ayahnya, dia berasa teramat gembira dan girang. Senyuman manis terukir di wajahnya yang ayu itu.

"Jika begitu, ayahanda rasa anakanda telah bersetujulah," Tun Mutahir kemudian berkata sambil memandang ke arah isterinya yang turut hadir bersama dalam perbincangan itu.

"Esok, ayahanda akan suruh Hang Nadim sampaikan berita ini kepada Tun Ali. Moga-moga semuanya akan berjalan dengan selamat." Tun Mutahir menamatkan perbincangan mereka.

Pada ketika yang sama, di satu sudut di kota Melaka, Tun Ali sedang duduk berseorangan di sebuah pondok dan termenung jauh walaupun terdapat beberapa temannya disitu. Hatinya cemas dan risau kalau-kalau lamarannya tidak diterima oleh Tun Mutahir.

Akibat dari pengalaman yang nyaris mengadaikan nyawanya ketika menentang Portugis siang tadi, Tun Ali sedar bahawa dia harus memulakan hidupnya bersama Tun Fatimah. Jika tidak, maka tak dapatlah dia merasai kebahagian hidup dengan orang yang amat dikasihi.

"Mudah-mudahan lamaran aku di terima oleh Datuk Bendahara. Aku mesti bersatu dengan kekasihku." berkata dia dengan penuh harapan.

Dalam kesunyian itu, terdengar Tun Ali bergurindam,

Cenderawasih terbang lama,
   Hinggap diatas pohon tinggi.
Oh kekasih, aku ingin hidup bersama,
   Dari sekarang hingga mati.

Bab VII

SULTAN TERKILAN

Hari sudah masuk waktu petang dan semua dayang di rumah Datuk Bendahara Tun Mutahir sedang sibuk membersihkan serta menghias di dalam dan luar rumah mengikut arahan tuan mereka. Di perkarangan rumah, dayang-dayang sedang menyapu dan membuang daun-daun kering serta barang-barang yang tidak lagi diperlukan. Di dalam rumah pula, mereka menyapu lantai, menghias ruang-ruang rumah dan memasang kain langsir yang baru. Banyak sungguh perkara yang telah dilakukan pada hari itu. Tun Mutahir dan isterinya berasa puas hati dengan persiapan mereka untuk menyambut para tetamu kerumah nanti.

Tidak lama kemudian, datanglah rombongan keluarga Tun Ali ke rumah Tun Mutahir. Mereka semua kelihatan segak dan tampan serta ceria. Di pintu pagar rumah, rombongan ini memberikan salam dan menanti dijemput masuk oleh tuan rumah. Rombongan ini diketuai oleh Datuk Paduka Tuan iaitu abang kepada Tun Ali. Setelah Tun Mutahir diberitahu akan kedatangan rombongan ini, dia pun menjemput mereka masuk ke dalam rumah dan bersalaman dengan Datuk Paduka Tuan. Tun Mutahir kelihatan sungguh gembira bertemu semula dengan teman lamanya itu.

Setelah mereka semua duduk di ruang tamu rumah, tanpa berlengah lagi Datuk Paduka Tuan pun terus menyampaikan hajat mereka datang ke rumah Datuk Bendahara pada hari itu. Dengan penuh tertib, Datuk Paduka memulakan sambil berseloka,

Datuk Bendahara pembesar Melaka
Orangnya arif lagi bijaksana
Semoga sejahtera hendaknya belaka
Salam ikhlas dari hamba semua

Tepak sirih hamba persembahkan
Diiringi dengan hajat mulia
Semoga silaturrahim dapat dijalinkan
Antara keluarga kita berdua

"Datuk, kami sekeluarga berasa amat gembira dengan kedatangan datuk semua ini. Kecil tapak tangan, nyiru kami tadahkan," Tun Mutahir membalas dengan rendah diri.

Kedua pihak kemudian berbincang sesama sendiri dan bersetuju menetapkan hari majlis akad nikah dalam masa tiga bulan lagi. Setelah itu, maka pulanglah rombongan Datuk Paduka Tuan.

Sejurus selepas rombongan Datuk Paduka Tuan berangkat, Tun Mutahir duduk di ruang rumah bersama adiknya, Tun Tahir. Sedang mereka asyik berbual-bual, Tun Hasan datang bertanya samada baginda Sultan akan dijemput ke majlis nanti.

"Sudah tentu. Hamba mesti menjemput Sultan Melaka. Nanti apa pulak dikatakan bila baginda Sultan mendapat tahu majlis ini diadakan tanpa pengetahuannya," Tun Mutahir menjawab.

Kemudian terdengar ucapan dari Tun Tahir yang mengukirkan senyuman di wajah abangnya, Tun Mutahir.

"Sesudah terjalinnya hubungan antara keluarga kita dengan Tun Ali, maka kedudukan kekanda akan bertambah teguh," kata Tun Tahir.

Sememang begitu juga yang terlintas di fikiran Tun Mutahir apabila dia bersetuju menerima lamaran Tun Ali keatas Tun Fatimah dulu. Kedua-dua keluarga mereka yang mempunyai kedudukan penting di dalam masyarakat kota

50

Melaka akan disatukan melalui perkahwinan ini. Lantas kedudukan mereka akan menjadi bertambah teguh lagi. Sebaliknya, dia juga sedar bahawa keadaan sebegini akan mengancam kedudukan lain-lain ahli masyarakat kota Melaka.

"Aku harus pastikan kedudukan diriku tidak terancam dari mana-mana pihak. Aku mesti berhati-hati dari sekarang." berkata Tun Mutahir pada dirinya sendiri.

Sejurus sahaja sampai di rumah, Datuk Paduka Tuan memberitahu Tun Ali tentang keputusan kedua keluarga itu. Tun Ali berasa lega serta bahagia apabila mendengar berita baik itu.

"Alhamdullillah. Hamba berasa amat bersyukur. Moga-moga kesemuanya akan berjalan dengan lancar dan selamat. Hamba juga berasa terhutang budi dengan kekanda. Semoga Allah mencurahkan berkatnya kepada kekanda," dia berkata.

"Moga-moga kita semua diberkati Allah," Datuk Paduka Tuan membalas.

Tiga bulan telah berlalu maka datanglah hari yang ditunggu-tunggukan oleh kedua mempelai, Tun Fatimah dan Tun Ali. Majlis akad nikah akan diadakan selepas waktu zohor dan banyak orang yang datang meraikan majlis ini. Mereka termasuklah para pembesar Melaka, pegawai-pegawai kerajaan, orang-orang kaya, para peniaga asing, dan sanak saudara mempelai. Semua datang dengan memakai pakaian tradisional masing-masing yang unik dan berwarna-warna. Mereka kelihatan gembira setelah berjumpa satu sama lain. Begitulah meriahnya majlis di rumah Tun Mutahir.

Sedang para tetamu duduk menantikan majlis akad nikah untuk bermula, mereka dijemput santap hidangan yang istimewa di ruang makan. Berbagai jenis hidangan yang berasal dari negeri-negeri Arab, Gujerat, Jawa, dan juga tempatan telah disiapkan. Cukup menyelerakan bila di pandang mata.

Seperti lain-lain majlis pada ketika itu, kaum lelaki duduk berasingan dari kaum wanita sewaktu majlis makan.

Terdengar pula berbagai bisikan tentang Tun Fatimah ketika tetamu wanita duduk bersantai di tempat makan mereka. Ramai yang memuji keanggunan dan tatatertibnya ketika duduk melayani tetamu.

"Elok benar tingkah lakunya, sepadan dengan seorang permaisuri," kedengaran bisikan yang sering diucapkan oleh para tetamu wanita.

Manakala di ruang makan para tetamu lelaki pula, kelihatan beberapa pegawai-pegawai kerajaan duduk berkumpul dengan syahbandar-syahbandar kota Melaka. Mereka sedang berbual tentang para tetamu lain yang turut diundang oleh Tun Mutahir.

"Begitu ramai sekali peniaga-peniaga Gujerat yang dijemput oleh Datuk Bendahara," ada yang memberi ulasan.

"Mereka semua datang dengan senang hati sebab dilayani dengan baik oleh Datuk Bendahara selama ini." terdengar juga ulasan yang sebegini.

"Arahan Datuk Bendahara supaya kita semua serahkan cukai kepada bendahari istana membuat para peniaga ini bertambah mesra dengan dia." terdengar Raja Mudeliar mengeluh kemudian.

"Kita harus berhati-hati. Jika tidak, ramai di antara kita yang akan dihukum oleh Datuk Bendahara. Sekarang ini pun sudah ada di antara pegawai kerajaan yang sudah di beri teguran olehnya kerana tidak mengikut arahan." Raja Mudeliar meneruskan ucapannya.

Tajuk perbualan juga menyentuh tentang kedudukan kedua keluarga mempelai susulan dari perkahwinan ini. Ramai di antara pegawai kerajaan yang berasa perkahwinan ini lebih menguntungkan Tun Mutahir dan keluarganya.

"Bertambah kukuhlah kedudukan Datuk Bendahara di mata rakyat nanti." berkata pegawai kerajaan itu semua.

Tidak lama kemudian, datanglah Sultan Mahmud ke rumah Tun Mutahir. Baginda disambut dengan bunyi tepukan kompang yang kuat lagi bersepadu. Kedatangan baginda diiringi oleh para pegawai istana termasuk Tun Sura Diraja dan Tun Indera Segara. Tun Mutahir menyambut dan membawa mereka ke ruang tetamu khas yang bertentangan dengan ruang akad nikah.

Ketika baginda Sultan sedang duduk, baginda ternampak wajah Tun Fatimah dan terus dia terpegun dengan kecantikannya.

"Aduhai, sungguh menawan sekali anak perempuan Tun Mutahir.' berkata Sultan Mahmud di dalam hatinya sambil terlupa akan keadaan dan tempat di mana dia sedang berada pada ketika itu.

"Kenapa anak perempuannya tidak dijodohkan dengan beta?" bertanya Sultan Mahmud dihatinya.

"Tidakkah beta ini sepadan dengan anaknya? Bukankah beta ini Raja Melaka?" bersambung bisikan hati baginda dengan perasaan marah pula.

Maka itu, duduk berdiam diri saja baginda Sultan di ruang tetamu khas tanpa berkata-kata pada sesiapa jua. Hidangan makan pun tidak di sentuh. Perasaan penuh marah dan ketidakpuasan wujud membara di dalam hatinya.

Tidak berapa lama kemudian, rombongan Tun Ali datang masuk ke ruang akad nikah. Mereka ini termasuklah abangnya, Datuk Paduka Raja serta teman-teman rapat seperti Panglima Awang. Mereka diikuti oleh Tok Imam yang akan melangsungkan majlis akad nikah berserta Tun Mutahir yang duduk bersama mereka. Majlis akad nikah pun bermula sebentar kemudian. Tun Ali duduk bertentangan dengan Tun Mutahir sambil berjabat tangan. Segala gerak laku serta perbualan kedua pihak diperhatikan oleh para tetamu di ruang nikah termasuklah Tun Fatimah.

"Aku terima nikah Fatimah binte Mutahir dengan mas kahwinnya seluas sepuluh ekar tanah," terdengar ucapan Tun Ali memecahkan ketegangan suasana.

"Bolehkah ini diterima, saksi semua?" soalan dikemukakan oleh Tok Imam kepada para saksi.

"Sah!" jawab para saksi beberapa kali. Senyuman terukir di wajah para tetamu termasuk Tun Mutahir yang berpuas hati dengan kesudahannya. Tun Ali turut tersenyum gembira sambil memandang ke arah isteri barunya. Tun Fatimah yang sentiasa memerhatikan pergerakan Tun Ali kemudian memberikan senyuman balas. Ini diikuti dengan jelingan manja kepada sang suami.

Sejurus selepas tamat majlis akad nikah, Sultan Mahmud pun berangkat keluar tanpa berlengah lagi. Baginda terus meninggalkan rumah Tun Mutahir dan berangkat pulang ke istana dengan di tandu dalam usungan diraja. Hatinya amat terkilan dengan perbuatan Tun Mutahir.

"Lupakah Datuk Bendahara bahawa beta tidak mempunyai permaisuri ketika ini?" bertanya Sultan Mahmud pada dirinya sendiri.

"Mengapa beta dibelakangkannya? Tidakkah beta sepadan daripada anaknya? Cis, sungguh mengecewakan sekali Datuk Bendahara ini!" Sultan Mahmud berkata-kata dihatinya di sepanjang perjalanan pulang itu.

Para tetamu yang masih berada di rumah Tun Mutahir berasa hairan dengan kepulangan baginda Sultan secara terburu-buru itu tadi. Mereka mempunyai prasangka bahawa sesuatu tidak kena telah berlaku tetapi tidak pasti apakah sebabnya.

"Baginda pulang sebelum habis majlis?" bisik para hadirin.

"Kenapa pula baginda terburu-buru meninggalkan majlis?" pertanyaan lain yang terdengar dikalangan para tetamu.

"Barangkali baginda terkenangkan permaisurinya yang telah lama mangkat." Tohmahan lain yang di buat di majlis tersebut.

Tun Mutahir pula terlalu sibuk melayani para tetamu hingga tidak menyedari akan perbuatan baginda Sultan itu berpunca dari tindakannya. Sebaliknya, dia hanya menyangka baginda ingin segera pulang ke istana untuk beristirehat kerana terlalu lama berada di majlis itu. Dia tidak sedar betapa remuk hati baginda dengan perbuatannya yang telah membelakangkan baginda. Pantang raja dibelakangkan oleh rakyatnya, padah akibatnya nanti.

Hari bergerak masuk waktu Maghrib dan bayangan bulan mula kelihatan di awan biru. Para tetamu majlis telah pun pulang ke rumah masing-masing. Tun Mutahir sekeluarga sedang duduk bersantai di halaman rumah sambil bersyukur bahwa majlis berjalan dengan selamat.

Di ruang khasnya, Tun Ali mendekati Tun Fatimah sambil memegang tangannya yang lembut itu.

"Moga-moga adinda bahagia untuk selama-lamanya," Tun Ali berbisik ke telinga Tun Fatimah.

"Moga-moga kita kekal bersama untuk selama-lamanya, kanda." sambut balas Tun Fatimah kepada suaminya.

Bab VIII

TITAH DERHAKA RAJA

Hari ini semua pembesar Melaka telah dititah mengadap sultan di istana. Sultan Mahmud bersama anakanda, Raja Ahmad baru sahaja pulang dari singgahsana di Muar. Baginda Sultan telah pergi ke sana sejak majlis perkahwinan Tun Fatimah dengan Tun Ali yang lalu. Kini sudah masuk tiga bulan barulah baginda pulang ke kota Melaka.

Setelah menerima titah baginda, maka datanglah kesemua pembesar Melaka ke balai rong istana. Ini termasuklah Tun Mutahir, Laksmana Khoja Hasan, Temengung Tun Hasan, Seri Nara Diraja, dan pegawai-pegawai kerajaan yang lain. Di antara mereka itu, termasuk juga Tun Ali yang kini datang ke balai rong bersama Tun Mutahir, yakni ayah mertuanya.

Ketika sampai di balai rong pada petang itu, Tun Mutahir memberitahu Tun Ali supaya jangan duduk di tempat biasanya dekat pintu gerbang.

"Anakanda, sila duduk berdekatan dengan ayahanda di balai rong." kata Tun Mutahir kepada Tun Ali di luar bangunan tersebut.

"Hati ayahanda rasa kurang senang hari ini." dia menambah lagi.

"Baiklah, ayahanda. Jika itu kehendak ayahanda, patik turutkan," jawab Tun Ali dengan kehairanan.

"Kenapa pula ayahanda berasa kurang senang hari ini?" hati Tun Ali tertanya-tanya.

Sementara menanti baginda Sultan masuk ke balai rong, Laksmana Khoja Hasan pun bertanya-tanya kepada Tun Mutahir.

"Datuk Bendahara, bolehkah tuan hamba beritahu patik semua tentang duduk perkara bendahari negeri Melaka? Sebab, patik berfikir kita perlu mulakan pertahanan kota Melaka sebelum Feringgi kembali menyerang."

"Benar, Datuk Laksmana. Patik bersetuju bahawa kota Melaka harus mengukuhkan pertahanannya sebelum Feringgi datang kembali." Tun Mutahir menjawab setelah mendengarkan pertanyaan itu. Ramai di antara pembesar-pembesar yang mengangukkan kepala sebagai tanda bersetuju dengan pendapat itu.

"Patik telah mengarahkan semua pegawai kerajaan dan syahbandar supaya memulangkan cukai-cukai negeri kepada bendahari istana. Sungguh pun ada di antara mereka yang berdegil, patik telah beri arahan supaya mengatasinya," Tun Mutahir menyambung kemudian.

Kenyataan terakhir yang dikeluarkan tadi disambut dengan bisikan kuat dari para pegawai kerajaan. Ramai di antara mereka yang berasa tidak puas hati dengan tindakan yang diambil oleh Tun Mutahir terhadap pegawai kerajaan yang tidak mengikut arahannya.

Belum sempat reda keadaan di dalam balai rong itu, Tun Mutahir meneruskan perbincangannya.

"Tuan hamba semua, patik juga telah menyuruh adinda hamba, Seri Nara Diraja pergi menanyakan kepada raja-raja Jawa dan Pasai sama ada mereka bersetuju untuk membantu pertahanan kota Melaka." Tun Mutahir memberitahu selanjutnya tentang persiapan untuk kota Melaka.

Sekali lagi bisikan kuat terdengar di balai rong itu. Ramai yang seakan-akan terperanjat dengan tindakan Tun Mutahir.

"Apa sebabnya Datuk Bendahara pergi meminta bantuan dari luar? Negeri Melaka sudah cukup ada ramai hulubalang di kota ini," Laksmana Khoja Hasan bertanya.

"Tuan hamba semua, ingatkah berapa ramai hulubalang kita yang telah gugur ketika menentang Feringgi dahulu? Begitu ramai sekali bilangan mereka. Apakah sebabnya? Patik rasa senjata yang digunakan orang Feringgi adalah terlalu kuat untuk kita. Apatah lagi kalau bilangan senjata mereka lebih banyak dari yang dahulu." Tun Mutahir berkata sambil memberikan tenungan tajam kepada para pembesar.

Bisikan suara kedengaran lagi dan ada di antara mereka yang bersetuju manakala ada juga yang menentang keterangan yang diberikan oleh Tun Mutahir itu tadi.

Tidak berapa lama kemudian, para pegawai istana mulai masuk ke balai rong membawa nobat diraja dan mereka diikuti oleh baginda Sultan serta anakandanya. Wajah Sultan Mahmud kelihatan serius seperti orang yang kurang selesa dengan sesuatu perkara. Baginda terus duduk di atas singgahsana tahta dengan diiringi oleh Raja Ahmad di sebelahnya. Seperti biasa mengikut adat istiadat beraja, laungan "Daulat, Tuanku!" dimulakan oleh Bendahara yang diikuti oleh para pembesar lain.

"Ampun Tuanku, patik semua berasa bangga Tuanku telah pulang dengan selamat dari singgahsana di Muar." Tun Mutahir berkata setelah memberi hormat.

"Terima kasih, Datuk Bendahara." Sultan Mahmud berkata sambil lewa. Baginda mengakhiri percakapannya tanpa memandang ke arah Tun Mutahir seolah-olah tidak menghargai kata hormat itu tadi.

"Apakah yang sibuk diperkatakan oleh pembesar-pembesar tadi sebelum beta masuk ke balai?" Sultan Mahmud bertanya kepada para pembesar sekelian.

"Datuk Laksmana, beritahu pada beta?" Sultan Mahmud menanyakan lagi sebelum Tun Mutahir sempat menjawab.

"Ampun Tuanku. Patik semua sedang bincangkan tentang pertahanan kota Melaka, Tuanku." Laksaman Khoja Hasan berkata dengan segera setelah menangkat tangan ke atas kepala. Sultan Mahmud memandang ke arah Laksmana Khoja Hasan seolah-olah menyuruhnya meneruskan keterangannya itu.

"Ampun Tuanku, izinkan patik berkata lagi. Datuk Bendahara ada menyatakan kepada patik semua bahawa dia telah menanyakan kepada raja-raja Jawa dan Pasai untuk meminta bantuan pertahanan kota Melaka dari serangan Feringgi. Ampun, Tuanku," Laksmana pun menambah tanpa berfikir panjang,

"Apakah ini benar Datuk Bendahara? Kenapa beta tidak di tanya dahulu sebelum ini?" Sultan Mahmud menjadi berang lalu bertanya kepada Tun Mutahir selepas mendengarkan ucapan terakhir Laksmana Khoja Hasan itu tadi.

"Ampun Tuanku, maafkan patik kalau berlaku biadap, Tuanku. Sebab patik menyuruh Seri Nara Diraja pergi kepada raja-raja Jawa dan Pasai adalah untuk bertanya sahaja. Patik takut kalau-kalau kita terlambat menyiapkan pertahanan kota Melaka. Ampun Tuanku," Tun Mutahir berkata dengan menarik nafas panjang sebelum menjawab soalan-soalan tadi.

"Datuk Bendahara, beta berasa amat dukacita dengan tuan hamba. Sekali lagi tuan hamba telah mengecewakan beta." Sultan Mahmud yang sememang tersinggung dengan Tun Mutahir, bertitah dengan sinis.

Ramai yang berada di balai rong kelihatan tertanya-tanya sesama sendiri apakah kesalahan yang telah dilakukan oleh Datuk Bendahara terhadap baginda Sultan. Ada pula yang sedar bahawa inilah peluang mereka untuk memberitahu baginda Sultan tentang Tun Mutahir yang mereka berasa tidak menyebelahi mereka. Di antara mereka itu ialah para pegawai kerajaan yang terancam kedudukan mereka akibat tindakan Tun Mutahir menyuruh mereka pulangkan cukai-cukai kepada bendahari istana.

"Apakah kesalahan aku hingga baginda Sultan berkata sedemikian?" Tun Mutahir berasa kehairanan dengan percakapan baginda Sultan terhadapnya. Di hati lubuknya terus tertanya-tanya.

"Ampun Tuanku, beribu ampun. Izinkan patik berbicara, Tuanku," terdengar satu suara yang ditujukan kepada baginda Sultan. Itulah suara Raja Mudeliar bertanya sebelum sempat Tun Mutahir memberi jawapannya.

"Silakan, datuk!" Sultan Mahmud bertitah.

"Ampun Tuanku. Patik ingin beritahu Tuanku bahawa patik ada terdengar Datuk Bendahara berbicara dengan Tun Ali tentang titah Tuanku mengizinkan Feringgi berdagang di kota kita, Tuanku," Raja Mudeliar berkata.

"Pada hemah patik, mereka berdua tidak bersetuju dengan titah Tuanku. Ampun Tuanku," Raja Mudeliar meneruskan lagi. Tun Ali memandang ke arah Tun Mutahir yang kelihatan seakan terperanjat dengan percakapan Raja Mudeliar.

"Ampun Tuanku. Izinkan patik terangkan apa yang sebenarnya berlaku, Tuanku," Tun Ali memberanikan hati dan berkata.

"Ampun Tuanku. Patik hanya memberitahu apa yang patik dengar, Tuanku," dengan sepantas kilat Raja Mudeliar mencelah dan berkata.

Baginda kelihatan berang. "Apakah benar perkara yang dikatakan itu tadi?" Sultan Mahmud mengajukan soalan kepada Tun Ali.

"Tidak akan aku membohongi raja aku sendiri. Pantang adat Melaka berbuat sebegitu," dihati Tun Ali berbisik selepas mendengar pertanyan baginda Sultan itu, dia hanya berdiam diri sahaja.

Setelah Sultan Mahmud mendengar ucapan Raja Mudeliar itu tadi, dia rasa bertambah marah terhadap Tun Mutahir. Dan kini, kemarahannya termasuk Tun Ali sekali. Ibaratkan orang mengantuk disorongkan bantal, Sultan Mahmud kini mempunyai alasan untuk memenuhi cita rasanya.

"Apakah ini benar Datuk Bendahara? Adakah tuan hamba rasa beta tersilap mengizinkan orang Feringgi berniaga di sini?" Sultan Mahmud bertitah selepas memandang Tun Mutahir.

"Ampun Tuanku. Pada hemah patik, mungkin Datuk Bendahara mempunyai muslihatnya tersendiri, Tuanku," sekali lagi, belum sempat Tun Mutahir memberi jawapannya, Raja Mudeliar mencelah.

"Cis, sungguh biadap tuan hamba menuduh Datuk Bendahara!" Temenggung Tun Hasan menempik sejurus sahaja Raja Mudeliar habis berucap. Tun Hasan kemudian memegang kerisnya seakan-akan hendak menerkam Raja Mudeliar. Laksmana Khoja Hasan yang sedang duduk di sebelah Tun Hasan, menahan dia dengan lengannya yang kuat itu.

Keadaan menjadi tegang di balai rong istana. Ramai pembesar yang kehairanan tentang apa yang sedang berlaku di depan mata mereka. Ada juga yang tertanya-tanya apakah kesudahannya nanti. Namun, apa yang sebenarnya berlaku kemudian adalah di luar jangkaan mereka semua yang hadir di balai rong itu.

"Derhaka!" titah Sultan Mahmud sebanyak empat kali sambil duduk tegak di atas singgahsananya dan menuding jari ke arah Tun Mutahir, Tun Tahir, Tun Hasan and Tun Ali. Seperti di sambar petir pada siang hari, keempat-empat orang tersebut terpegun kaku dengan titah baginda sultan.

Sementara itu, Laksmana Khoja Hasan terus memberi arahan kepada pengawal istana supaya menangkap kesemua mereka yang telah dituduh oleh baginda Sultan. Maka Tun Mutahir, Tun Tahir, Tun Hasan dan Tun Ali dikerumuni oleh pengawal-pengawal.

Arakian, baginda Sultan berangkat bangun dari singgahsana tahta dan terus masuk ke dalam istana bersama anakanda, Raja Ahmad dan pegawai-pegawai istana lain. Wajah Sultan Mahmud kelihatan merah padam seperti orang yang sedang marah dan tidak ambil endah tentang perkara yang berlaku di sekelilingnya. Melihatkan ini, pembesar-pembesar lain turut meninggalkan balai rong dengan senyap dan penuh keakuran. Mereka sedar bahawa satu perkara yang padah akibatnya telah berlaku pada hari itu.

Ketika para pengawal istana sedang mengerumuni keempat-empat mereka itu tadi, Tun Hasan mencabar sesiapa sahaja yang mara ke arahnya.

"Silakan!" berkata Tun Hasan sambil meletakkan tangannya pada pangkal keris.

Dengan segera perbuatan Tun Hasan itu di tegur oleh bapanya, Tun Mutahir.

"Tun Hasan, jangan sekali-kali kamu tumpahkan darah Melaka di istana raja. Tidaklah hamba izinkan hal ini berlaku." Tun Mutahir berkata kepadanya dengan nada suara yang keras.

Setelah mendengarkan kata-kata ayahnya, Tun Hasan menarik nafas panjang lalu memeluk tubuh. Dia pun membiarkan dirinya dibawa keluar dari balai rong itu oleh pengawal-pengawal istana.

Sementara itu, Tun Ali merasa tertekan dengan keputusan baginda Sultan.

"Aduhai, sedihnya hati meninggalkan isteriku yang tersayang. Alangkah malangnya nasib sedangkan kita baru sahaja menumpang bahagia bersama," bisik Tun Ali dihatinya. Di sepanjang perjalanan ke perkarangan istana, Tun Ali teringatkan isterinya, Tun Fatimah.

"Maafkan kanda dunia akhirat, adinda." bisik hatinya.

"Ya Allah, izinkanlah hambamu ini bertemu dengan isterinya buat kali terakhir ini." Tun Ali berdoa dengan seikhlas hati.

Sampai di tempat hukuman, keempat-empat mereka itu diikat tangan di belakang. Semua barang perhiasan di badan telah dirampas dan mereka berlutut menunggu hukuman yang akan dijalankan nanti.

Ketika itu, hari hampir masuk waktu Maghrib dan matahari terbenam dengan kemerah-merahan seolah-olah ia dalam kesedihan melihatkan keempat-empat manusia itu menunggu ajal maut mereka.

Sejurus kemudian, terdengar bisikan suara yang keluar dari mulut Tun Mutahir. Ia seperti sesuatu doa yang lazim dibacakan sebelum seseorang itu menemui ajal maut. Bacaannya di sambut oleh ketiga-tiga mereka yang lain. Maka demikianlah keadaannya dengan keempat orang yang tertuduh itu.

Sementara itu, di dalam istana raja, baginda Sultan telah memberi titah kepada Tun Sura Diraja dan Tun Raja Segara agar datang berjumpa dengannya.

Apabila mereka datang mengadap, Tun Sura Diraja dan Tun Raja Segara diberikan arahan oleh baginda Sultan untuk menjatuhkan hukuman mati sejurus masuk waktu Maghrib.

"Setelah hukuman dijalankan, beta mahu mayat-mayat mereka dikebumikan dengan segera. Beta tidak mahu rakyat beta bertemu dengan penderhaka-penderhaka itu dan berasa simpati dengan mereka." titah Sultan Mahmud dengan perasaan penuh marah.

Akhir sekali, Tun Sura Diraja diarahkan oleh baginda Sultan supaya membawa Tun Fatimah ke istana pada malam itu juga.

"Dan, bawa anakanda Datuk Bendahara, Tun Fatimah datang ke istana pada malam ini juga. Beta mahu dia di kurung di sini." titah Sultan Mahmud.

"Ampun tuanku. Titah tuanku kami junjungi." demikian kata-kata tata setia dari kedua-dua pegawai istana tersebut. Kata setia yang akan mengubah nasib bukan sahaja satu keluarga malahan seluruh rakyat negeri Melaka.

Bab IX

TUNTUTAN KE ATAS RAJA

Tiga bulan telah berlalu sejak peristiwa sedih yang menimpa Tun Fatimah. Setiap hari, dia teringatkan mereka, orang-orang yang amat dikasihinya. Hatinya hiba dan terkadang pula penuh marah apabila mengingatkan peristiwa itu. Ayahnya, Tun Mutahir dan suaminya, Tun Ali ibaratkan bulan dan bintang yang menerangi hidupnya pada waktu malam. Tanpa mereka, dia hidup dalam kegelapan yang berpanjangan. Apabila dia teringatkan ibunya pula, air mata mulai menitis dan diikuti oleh doa semoga dia berada dalam keadaan sihat sejahtera.

Pada hari ini, Tun Fatimah sedang duduk berseorangan di salah satu ruang di dalam istana. Seperti biasa, dia tidak mengendahkan segala perkara yang berlaku disekelilinginya. Kegiatan hariannya hanyalah bangun, tidur, bersolat, dan bermenung saban hari. Apabila di beri hidangan santapan, dia hanya makan sedikit asalkan mengisi perut sahaja. Akibatnya, mukanya sudah kelihatan cengkung dan badannya semakin kurus. Namun, keanggunannya masih tetap kelihatan. Pada hari itu, kegiatan hariannya terganggu dengan kehadiran orang yang tidak disangka datang.

Pintu pada ruang di mana Tun Fatimah sedang berada di dalam telah dibuka oleh seorang pengawal istana. Kemudian, terdengar pula satu arahan yang diberikan.

"Sila masuk, tuan hamba." Seketika itu juga timbullah wajah Tun Karim di muka pintu itu. Dia kelihatan seperti ketakutan campur kegirangan apabila melihat kakaknya berada di dalam. Dengan segera, dia berlari ke arah Tun Fatimah lalu

65

mendakapnya dengan kuat. Tun Fatimah yang masih dalam keadaan terperanjat, lalu memeluk kembali adiknya sambil menangis kegembiraan. Perkataan tidak dapat menggambarkan betapa gembiranya kedua beradik ini pada saat itu.

"Di manalah bonda sekarang ini? Kenapa dia tidak bersama adinda? Adakah dia bersama adinda sekarang ini? Sihatkah dia?" Tun Fatimah bertanya kepada adiknya setelah keadaan beransur tenang.

"Bonda dalam keadaan baik, kanda. Bonda rindukan kanda teramat sangat dan selalu tertanya-tanyakan tentang kanda kepada adinda." Tun Karim menjawab dengan satu persatu selepas mendengarkan soalan-soalan itu.

"Bagaimana adinda tahu kanda sedang berada di istana sekarang ini?" Tun Fatimah mencelah dengan bertanya. Keadaan senyap seketika apabila Tun Karim mendengar pertanyaan Tun Fatimah itu.

"Sebenarnya, kekanda. Adinda tidak tahu. Semua orang kampung pun tidak tahu. Kami hanya mendapat tahu apabila seorang pegawai istana datang ke rumah dan memberitahu bonda di mana kanda sedang berada sekarang," dia pun menjawab selepas menarik nafas.

"Setelah itu, barulah bonda berhenti menangis," dia menyambung.

"Ya tuhanku, berikanlah kekuatan pada bonda hamba. Dia seorang yang baik dan tidak harus menderita sebegini. Amin!" Tun Fatimah berdoa setelah mendengar kata-kata yang menjadikan hatinya hiba.

Tidak berapa lama kemudian, timbul pula seorang lagi di muka pintu. Kali ini ialah Tun Indera Segara dan dia datang membawa titah dari raja.

"Salam dari baginda Sultan kepada tuan hamba semua." berkata Tun Indera Segara. Dia kemudian meneruskan percakapannya.

"Baginda Sultan harap tuan hamba berdua dalam keadaan gembira ketika ini. Jika bersetuju, biarlah tuan hamba semua dengarkan khabar yang hendak patik sampaikan ini."

Tun Fatimah memandang ke arah Tun Karim dengan kehairanan. Dia tidak berkata-kata kerana menunggukan Tun Indera Segara meneruskan percakapannya.

"Kerajaan Melaka ketika ini tiada mempunyai permaisurinya. Jadi, kalau tuan hamba bersetuju untuk menjadi permaisuri di raja, baginda Sultan akan meredhainya. Juga, baginda Sultan akan memastikan tuan hamba akan bertemu dengan keluarga tuan hamba dengan segera." kata Tun Indera Segara selanjutnya. Selepas itu, Tun Indera Segara pun diam menunggu jawapan dari Tun Fatimah.

"Apakah maksud ini semua? Kenapa hamba ingin dijadikan permaisuri sesudah ayahanda dan suami hamba di hukum?" hati Tun Fatimah berbisik setelah terperanjat dengan percakapan itu tadi. Dia memandang wajah Tun Karim dengan penuh persoalan.

Tiba-tiba, Tun Karim berbisik di telinga Tun Fatimah.

"Kanda, baginda Sultan mungkin menyedari kesilapannya. Sebab itu, dia ingin menjadikan kekanda permaisurinya. Lagipun, kanda sudah tamat idahnya, bukan?"

Soalan terakhir dari Tun Karim tadi datang seperti satu ingauan bagi Tun Fatimah. Di dalam kesedihannya selama ini, dia langsung tidak teringatkan masa yang telah bergerak dengan pantas itu.

"Tiga bulan sudah berlalu. Tamat sudah idahku?"

Apabila ingatannya kembali kepada ibunya, Tun Fatimah terasa sangat rindu. Kalau diikutkan perasaan, dia tidak kira akan cadangan baginda Sultan asalkan dia dapat berjumpa dengan ibunya. Tiba-tiba, fikirannya menerawang.

"Kenapa mesti aku terima sahaja cadangan itu? Sebaliknya, aku harus gunakan peluang ini untuk kepentingan keluargaku seperti yang selalu diajarkan oleh ayahanda iaitu menggunakan setiap peluang yang ada untuk kebaikan diri, keluarga dan bangsa." Setelah lama diam berfikir, dia pun mendapat ilham dan rasa itulah perkara yang sebaik untuk dia lakukan.

"Aku akan buat tuntutan kepada baginda Sultan." kata hati Tun Fatimah.

Apabila Tun Karim menuding jari ke arah Tun Indera Segara seolah-olah memberitahu kakaknya supaya memberikan jawapan, Tun Fatimah menarik nafas panjang.

"Tuan hamba, beritahu baginda Sultan bahawa patik akan menerima tawarannya jika hamba sekeluarga diberikan perlindungan dan keadilan dari baginda sendiri," kata Tun Fatimah.

Tun Indera Segara hairan dengan jawapan itu tadi lantas meminta izin untuk mengundur keluar berjumpa baginda Sultan. Sejurus sahaja dia keluar, Tun Fatimah mendakap adiknya.

"Moga-moga kita semua dapat bersatu semula. Kanda juga inginkan agar kandungan ini terus hidup dan membesar." Mendengarkan kata-kata itu, Tun Karim kelihatan terperanjat tetapi kemudian bergembira demi kakaknya.

Seperti yang sudah dijangka, Sultan Mahmud menerima tuntutan Tun Fatimah yang telah disampaikan oleh Tun Indera Segara. Dia juga memberi titah agar keluarga Bendahara Tun Mutahir diberi penghormatan yang sewajar dengan kedudukan Tun Fatimah sebagai permaisuri diraja.

Setelah itu, ibu Tun Fatimah dibawa ke istana oleh pegawai diraja untuk berjumpa dengannya. Apabila mereka bertemu, maka tercapailah segala doa kedua beranak itu. Sambil mereka berdakapan, tangisan berganti pula dengan keriangan, dan segala kerinduan berakhir kesudahannya.

Tidak lama kemudian, majlis perkahwinan Tun Fatimah dengan Sultan Mahmud diadakan diperkarangan istana. Ini diikuti oleh upacara penabalan Tun Fatimah sebagai permaisuri diraja. Upacara ini diadakan dengan penuh adat beristiadat. Ramai pembesar dan rakyat Melaka yang hadir menyaksikan upacara tersebut. Mereka semua berasa amat gembira menyambut kedatangan permaisuri baru di negeri Melaka. Tanpa mereka ketahui, permaisuri muda ini akan memainkan peranan yang penting dalam hidup mereka nanti kelak.

Selang beberapa bulan selepas penabalan Tun Fatimah sebagai permaisuri diraja, kota Melaka menjadi kecoh dan penuh ketegangan. Terdengar perbincangan di kalangan orang Melaka dan para peniaga tentang kedatangan armada Portugis di perairan Selat Melaka. Mereka juga ada mendengar berita tentang serangan kapal-kapal Portugis ini ke atas beberapa kota di negeri Pasai. Kini, mereka sangka inilah giliran kota Melaka pula yang akan diserang.

Seperti dijangkakan, kapal-kapal Portugis tersebut sampai di pelabuhan Melaka ketika hari masuk waktu Asar. Sambil menaikkan bendera, kedengaran tiupan terompet dari kapal-kapal tersebut sebagai mengistiharkan kehadiran mereka di perairan kota Melaka.

Di dalam sebuah kapal itu tadi, terdapat Viceroy Afonso du Albuquerque yang sedang memerhatikan keadaan kota Melaka dari tingkap ruangnya. Dia terpegun dengan berbagai bangunan dan gedung perdagangan yang penuh sesak di kota itu.

"Memang benar apa yang telah aku dengar tentang kota Melaka. Kota ini sungguh menakjubkan. Beruntunglah aku bila dapat menawannya kelak," Viceroy du Albuquerque berbisik di hati lalu keluar dari tempat istirihatnya dan mengarahkan semua kapten kapal datang berjumpanya dengan segera.

Tidak lama kemudian, datanglah semua panglima Portugis menaiki kapal di mana Viceroy du Albuquerque sedang menunggu. Di dalam perbincangan mereka terdengar Viceroy du Albuquerque berkata.

"Raja Portugis telah menitahkan kita menawan kota ini bagi tujuan untuk mengembangkan perdagangan kita di

69

Asia. Kita sebagai panglimanya harus memastikan titah baginda dilaksanakan."

"Seperti mana yang kita semua ketahui, kota ini akan memberi kita satu tentangan yang hebat. Dari itu, tuan hamba semua haruslah ikut arahan dari saya seorang sahaja. Sesiapa yang bercanggah dengan saya maka padahlah akibatnya," dia menyambung setelah diam seketika.

Memang semua panglima Portugis itu tahu akan kecekapan du Albuquerque dalam mengendalikan peperangan. Dia seorang panglima yang banyak menempuh pertempuran di Utara Afrika dan India. Kemenangan yang ditempanya membuat ramai orang Portugis berbangga dengan kejayaannya. Lebih-lebih lagi, kesemua kemenangan ini adalah keatas negeri-negeri yang dikuasai oleh raja-raja Islam, musuh ketat mereka. Viceroy du Albuquerque merupakan seorang yang aggresif dalam menyebarkan agama fahamannya. Dia seolah-olah rasa bertanggung-jawab untuk memastikan tugasnya ini tercapai dengan penuh kejayaan.

Pada malam yang sama juga, Sultan Mahmud sedang berbincang dengan Laksaman Khoja Hasan dan Bendahara Tun Lapok, yakni pengganti kepada Tun Mutahir, di dalam sebuah ruang di istana. Mereka turut disertai oleh beberapa pegawai istana dan permaisuri diraja.

"Apa berita tentang Feringgi yang hendak tuan hamba sampaikan kepada beta?" Sultan Mahmud bertanya kepada Laksmana Khoja Hasan.

"Ampun Tuanku, patik rasa orang Feringgi berniat jahat terhadap kita. Mungkin mereka ingin menuntut dendam terhadap kita. Patik melihat kapal-kapal mereka berisi dengan meriam yang besar, Tuanku," jawab Laksmana dengan penuh kesungguhan.

Setelah mendengarkan kata-kata Laksmana itu, Sultan Mahmud mengeluh sambil berdiam diri.

"Pada hemah patik, kalau mereka berkeras kita tunjukkan keberanian kita melawan mereka. Sekarang ini, ada kurang lebih dua puloh ribu pahlawan dan hulubalang yang berada di kota Melaka. Mereka ini termasuklah hulubalang dari tanah Jawa dan Pasai yang di panggil oleh Bendahara Tun Mutahir dahulu," Laksmana Khoja Hasan meneruskan ucapannya.

Sultan Mahmud berasa gembira serta pilu mendengarkan kata-kata Laksmana tadi. Gembira sebab terdapat ramai pahlawan dan hulubalang yang akan melindungi kota ini dari serangan Portugis. Manakala, sedih pilu sebab mengenangkan jasa dan bijak pandai Tun Mutahir dalam urusan mentadbir negeri Melaka.

"Moga-moga Allah berkati jasa baik Tun Mutahir." demikian kata Sultan Mahmud dengan penuh kesyahduan.

"Amin!" semua yang berada di situ turut berdoa dengan baginda Sultan.

"Alhamdulillah. Semoga roh ayahanda diberkati Allah," Tun Fatimah berbisik di hati selepas mendengarkan kata-kata itu. Tun Fatimah berasa tenang dan reda pada ketika itu.

Sebelum Sultan Mahmud meninggalkan pembesar-pembesarnya, dia menyuruh Bendahara Tun Lapok pergi bertemu dengan ketua orang Portugis pada keesokan harinya.

"Datuk pergi jumpa dan bertanyakan tujuan mereka datang ke sini. Selepas itu, Datuk beritahu beta dengan segera," titah baginda kepada Bendahara Tun Lapok.

"Ampun Tuanku. Titah Tuanku patik junjungi," jawab Bendahara Tun Lapok.

Selepas mendengarkan ucapan Datuk Bendahara, baginda Sultan pun masuk beradu bersama permaisurinya, Tun Fatimah.

Di sepanjang malam itu, Sultan Mahmud tidak dapat tidur. Fikirannya tidak tenteram dan hatinya bertanya-tanya kerisauan.

"Mungkinkah beta akan buat kesilapan lagi dengan orang Feringgi ini? Siapakah yang akan beta minta nasihat

71

sekarang ini?" Soalan-soalan ini berputar-putar di kepalanya sehingga baginda terlena tidur.

Bab X

MATAHARI SUDAH TERBENAM

Matahari terbit seperti biasa pada hari ini. Cahaya surianya terpancar dari pendalaman kampung hingga ke perairan Selat Melaka. Embun pagi telah lama hilang diresapinya. Mujurlah angin sepoi-sepoi meniup ke muka menghilangkan rasa panas dari terbit matahari. Pagi ini, semua orang di kota Melaka bangun seperti biasa tetapi bukan dengan tujuan atau urusan yang selalu dilakukan. Hari ini mereka memulakan hidup dengan penuh kerisauan dan ketakutan. Semua tidak tahu apa yang akan berlaku nanti tetapi yang pasti, mereka perlu menjauhkan diri dari kota Melaka dengan secepat mungkin.

Bagi hulubalang yang sedang berjaga-jaga di pantai Melaka, hari bergerak dengan perlahan sekali. Ramai yang sudah bersiap sedia untuk menghadapi apa jua kemungkinan yang timbul nanti. Ramai juga yang tidak sabar menanti kesudahannya.

Hari ini jatuh pada tanggal 29 Rabiulakhir 917 Hijrah bersamaan hari Jumaat, 25 Julai 1511. Ia adalah merupakan hari yang istimewa bagi orang Portugis kerana menyambut Hari Saint James, iaitu salah seorang paderi besar dalam agama mereka. Viceroy du Albuquerque sedar akan kebesaran hari tersebut dan menggunakan peluang ini untuk memulakan rancangan dia menawan kota Melaka.

Viceroy du Albuquerque telah mengerahkan panglimanya supaya memberitahu pembesar Melaka tentang tuntutannya kepada baginda Sultan. Tuntutan mereka itu ialah pembebasan orang-orang Portugis di bawah tahanan Melaka, pembayaran ganti rugi terhadap penangkapan mereka serta rampasan harta benda mereka dan mengizinkan Portugis membina kubu di kota Melaka. Tuntutan ini semua sengaja diberikan kerana dia tahu bahawa raja Melaka tidak akan memenuhinnya.

Apabila Bendahara Tun Lapok sampai di pantai, dia pun di beritahu tentang tuntutan-tuntutan du Albuquerque. Bendahara Tun Lapok kemudian berangkat pulang ke istana melalui jembatan di sungai Melaka. Di sepanjang perjalanan itu, Bendahara Tun Lapok melihat keghairahan yang ditunjukkan oleh hulubalang-hulubalang di wajah mereka.

"Mereka semua kelihatan penuh yakin dan ghairah untuk menentang Feringgi. Akan aku sampaikan hal ini kepada baginda Sultan agar senang hati baginda mendengarinya," kata Bendahara di dalam hati.

Kedatangan Bendahara Tun Lapok ke istana raja disampaikan kepada Sultan Mahmud yang sedang duduk di singgahsana tahtanya di dalam balai rong.

"Apa berita Datuk Bendahara ingin sampaikan kepada beta?" Sultan Mahmud bertanya sejurus sahaja Bendahara Tun Lapok masuk ke balai rong.

"Ampun Tuanku. Orang Feringgi meminta Tuanku memenuhi permintaan mereka yakni, membebaskan orang-orang mereka yang di tahanan sekarang, membayar kerugian terhadap penangkapan mereka dan harta-benda mereka serta memberi izin kepada mereka membina kubu di kota Melaka. Ampun Tuanku," jawab Tun Lapok.

Setelah mendengar percakapan Bendahara itu tadi, Sultan Mahmud memandang ke arah lain-lain pembesar dan pegawai istana.

"Apa pendapat tuan hamba semua?" baginda bertanya. Mereka hanya berdiam diri. Seperti orang kehilangan fikiran, Sultan Mahmud pun turut berdiam diri juga. Baginda seolah-olah takut membuat kesilapan lagi dalam mengendalikan hal-hal orang Portugis.

Tun Lapok sedar bahawa dia perlu berkata sesuatu agar baginda Sultan dapat memberi arahan selanjutnya.

"Ampun Tuanku. Izinkan patik berbicara tentang pendapat patik, Tuanku," dia berkata kemudian.

"Patik lihat ramai hulubalang dan panglima kita di pantai tadi. Mereka semua dalam keghairahan menunggu titah Tuanku," tanpa berlengah, Tun Lapok memberitahu.

"Lagipun, pada hemah patik, permintaan Feringgi terhadap Tuanku tidaklah munasabah sekali. Ampun Tuanku," dia bersambung lagi,

Tanpa berfikir panjang tentang strategi peperangannya, Sultan Mahmud terus bersetuju dengan kata-kata Tun Lapok itu tadi.

"Datuk Laksmana, tuan hamba bawa tawanan Feringgi ke pantai dan bebaskan mereka. Kemudian, beritahu ketua orang Feringgi bahawa beta tidak berkenan terhadap tuntutan mereka yang lain. Kalau mereka tetap berdegil, halau mereka dari bumi Melaka." baginda bertitah.

"Ampun Tuanku. Titah Tuanku patik junjungi," Laksmana Khoja Hasan menjawab.

Setelah du Albuquerque mendapat berita tentang jawapan Sultan Mahmud ke atas tuntutan-tuntutannya, dia pun menerangkan kepada panglima-panglima yang berada bersamanya.

"Baiklah. Jika begitu, kita bertindak seperti yang telah saya rancangkan." Dia kemudian berjalan ke mejanya yang terdapat satu peta kota Melaka dan mengarahkan semua kapten kapal membedil kota itu dengan meriam mereka.

"Kemudian arahkan panglima-panglima kita menyerang kota ini dari darat melalui pantai. Apabila menentang, tunjukkan kehandalan kita menundukkan lawan." dia menambah.

Sebelum masuk waktu Zohor, bermulalah bedilan meriam yang ditembak dari kapal-kapal Portugis terhadap kota Melaka. Bunyi meriam-meriam tersebut seperti guruh di langit yakni menakutkan lagi menggerunkan sesiapa yang mendengarnya. Banyak bangunan yang telah musnah dan roboh akibat terkena bedilan meriam itu. Tambahan lagi, ramai orang yang lari bertempiaran ke sana ke mari seolah-olah tanpa haluan. Ada di antara mereka yang cedera parah dan ada yang cedera ringan. Ada juga yang terkorban. Pandangan kota Melaka pada saat itu amatlah menyedihkan sekali. Inilah pertama kali kota ini dibedil oleh musuh.

Apabila bedilan meriam itu berakhir, maka askar-askar Portugis pun mara dengan diketuai oleh panglima-panglima mereka. Sejurus sahaja sampan yang dinaiki mereka sampai di pantai, berlari keluar orang-orang Portugis ke darat. Mereka menembak orang-orang Melaka dengan senjata api mereka. Ada juga yang menghunus pedang ke arah sesiapa sahaja di hadapan mereka. Begitu ramai sekali hulubalang Melaka yang gugur akibat ditembak dan ditikam musuh.

Laksmana Khoja Hasan yang berada di pantai sedang menunggu saat yang sesuai untuk mara ke arah orang-orang Portugis tadi. Apabila tiba sahaja masa itu, dia pun memekik dengan kuat dan memberi arahan kepada hulubalangnya.

"Serang!"

Maka bertempurlah askar bagi kedua-dua pihak. Laksmana Khoja Hasan meluru ke hadapan dan menerkam musuhnya seperti harimau buas. Melihatkan keberanian ketua mereka, hulubalang Melaka pun menyerang orang Portugis dengan penuh kesungguhan. Hulubalang Melaka yang bilangannya lebih sepuluh kali berganda dari askar Portugis, akhirnya berjaya menahan kemaraan Portugis di kawasan pentadbiran kota.

Sebaliknya, orang-orang Jawa dan Pasai yang bertempur dengan Portugis di kawasan perniagaan mula mengundurkan diri dari kawasan pertahanan mereka. Apabila Laksmana Khoja Hasan sedar akan keadaan ini, dia pun mengarahkan hulubalangnya maju ke arah kawasan perniagaan untuk membantu orang-orang Jawa dan Pasai melawan Portugis.

Sementara itu, du Albuquerque yang memerhatikan pergolakan itu dari kapalnya, kelihatan seolah-olah dapat mengetahui kekuatan orang Melaka. Lalu dia memberi arahan supaya askar Portugis mengundur diri dan balik ke kapal masing-masing. Dia juga memberikan arahan supaya panglima-panglimanya datang berjumpa dengannya kelak. Terompet ditiup maka berundurlah askar Portugis dari pantai Melaka.

Melihatkan keadaan ini, maka bergembiralah orang-orang Melaka dengan sepenuh hati. Kejayaan mereka menahan kemaraan askar Portugis disambut baik oleh baginda Sultan. Sultan Mahmud berasa lega kerana tahtanya kini masih terselamat.

Hari masuk waktu Maghrib dan ramai orang pergi menunaikan solat di masjid istana. Walaupun masjid itu mengalami banyak kemusnahan akibat bedilan meriam Portugis petang tadi, tempat ibadah itu tetap dikunjungi oleh orang-orang Melaka yang berasa penuh kesyukuran.

Pada malam itu, du Albuquerque sedang berbicara dengan panglima-panglimanya. Mereka turut disertai oleh beberapa peniaga asing dari Cina dan India. Du Albuquerque memberitahu mereka semua.

"Tahukah tuan semua kenapa askar kita tidak dapat mara ke dalam kota Melaka tadi?" Panglima itu semua berdiam diri kerana takut tersalah jawab. Du Albuquerque meneruskan percakapannya.

"Mereka berjaya menghalang kemaraan kita sebab pergerakan askar mereka yang pantas."

"Bagaimana hendak kita pastikan sebaliknya, tuan besar?" Kapten Ferdinand Magellan yang ada bersama di situ kemudian bertanya. Du Albuquerque memberi senyuman seperti bangga dengan dirinya sendiri kerana tahu jawapan pada soalan tersebut.

77

"Mengikut pandangan saya, mereka menggunakan laluan jembatan dengan baik untuk pergerakkan askar mereka. Jadi, kita mesti bendung pergerakan mereka dengan menembusi jembatan di sungai Melaka," dia berkata.

Kesemua panglima tersebut memandang antara satu sama lain setelah mendengar ucapan du Albuquerque. Terdengar di antara mereka yang bersuara.

"Macam mana hendak menembusi jembatan itu sedangkan jembatan ini terlalu tinggi untuk kapal kita." bertanya seorang daripada mereka.

"Kapal tongkang tuan hamba diperlukan oleh askar diraja Portugis." du Albuquerque berkata sambil memandang ke arah peniaga-peniaga Cina.

"Jika tuan hamba semua bersetuju membantu kami, maka tuan hamba semua boleh terus berdagang di kota Melaka selepas kami menawannya nanti," dia menyambung percakapannya.

"Tetapi, jika tuan hamba tidak bersetuju membantu kami, tuan hamba boleh bawa barang dagangan tuan hamba ke lain-lain tempat." Du Albuquerque berkata lagi selepas memerhatikan kelakuan para peniaga asing tersebut. Demikianlah kata-kata ancaman dari du Albuquerque kepada peniaga-peniaga Cina.

Du Albuquerque sememang mahir dalam arena politik dunia. Dia sedar bahawa Maharaja Cina sudah tidak berminat lagi dengan negeri-negeri naungannya di Asia Tenggara. Jadi, mengikut fahamannya, tidak mungkin Maharaja Cina akan membantu raja-raja di sini menentang orang Portugis. Sebaliknya pula, raja-raja ini terlalu lemah untuk melawan kuasa baru dari Eropah itu yang mempunyai peralatan peperangan yang canggih lagi lasak. Justeru, para peniaga yang berada di Melaka tidak mempunyai pilihan lain kecuali bersetuju dengan permintaannya tadi.

Pada keesokan pagi, kedengaran tiupan terompet dari kapal Portugis sekali lagi. Ini diikuti oleh pergerakan sampan-

sampan yang mengandungi askar-askar Portugis menuju ke pantai kota Melaka. Mereka didahului oleh sebuah kapal tongkang Cina yang tinggi buatannya.

Semua hulubalang Melaka sedang bersiap sedia di pantai menanti kedatangan musuh mereka. Ada juga yang berasa kehairanan dengan kemaraan kapal tongkang Cina.

"Apa kena dengan kapal Cina mengiringi Feringgi?" terdengar satu pertanyaan.

Pada pagi itu, Sultan Mahmud juga berada di medan perang bersama Raja Ahmad di atas gajah masing-masing. Dia mengambil keputusan untuk turun ke medan perang sebab yakin bahawa hulubalang-hulubalang baginda akan dapat mengalahkan Portugis sekali lagi. Dia ingin meraih kejayaan bersama panglima dan hulubalangnya nanti. Laksmana Khoja Hasan berdiri di samping gajah baginda Sultan.

"Ampun Tuanku. Pada hemah patik, orang Feringgi telah memaksa peniaga Cina membantu mereka hari ini," Laksmana Khoja Hasan bersuara.

"Biarkanlah, datuk. Beta percaya kita tetap dapat mengalahkan mereka," jawab Sultan Mahmud.

Mendengarkan kata-kata baginda Sultan yang penuh keyakinan itu, Laksmana Khoja Hasan memberi semangat kepada hulubalangnya.

"Wahai hulubalang Melaka, baginda Sultan yakin kita akan kalahkan Benggali Putih hari ini. Jangan kamu semua hampakan baginda!"

"Daulat Tuanku!" hulubalangnya pun menjawab sehabis sahaja Laksmana berkata dan ini diikuti dengan teriakan dan pekikan kepada askar-askar Portugis yang sedang mara.

Apabila askar Portugis hampir sampai ke pantai, mereka memberi tembakan dengan senjata api mereka. Ramai hulubalang Melaka yang gugur terkena tembakan ini. Hulubalang Melaka membalas tembakan senjata api itu tadi dengan melemparkan lembing-lembing ke arah musuh. Ada juga di antara mereka menggunakan senjata api membalas tembakan orang Portugis. Disebabkan kurang mahir dalam menggunakan senjata api, maka tidak banyak tembakan mereka yang mengenai sasarannya.

Tidak lama kemudian, askar Portugis pun mendarat dan mula menyerang orang Melaka dengan pedang mereka. Ini diikuti dengan bedilan-bedilan meriam dari kapal-kapal mereka ke atas kota Melaka. Serangan berlaku serentak di kedua-dua kawasan pentadbiran dan perniagaan kota itu. Seperti semalam, orang Melaka berjaga di kawasan pentadbiran manakala orang-orang Jawa dan Pasai di kawasan perniagaan. Seperti hal semalam, kemaraan askar-askar Portugis berjaya dihalang oleh mereka.

Dalam kehangatan keadaan di medan perang, terdengar suatu bunyi yang sungguh menggerunkan "Grrr..gh!" Ada yang berhenti sejenak dan menoleh ke arah bunyi tersebut. Rupa-rupanya, bunyi bising tadi adalah disebabkan kapal tongkang Cina melanggar jembatan di sungai Melaka. Sejurus kemudian, kelihatan askar-askar Portugis keluar dari kapal tersebut lalu menyerang hulubalang Melaka yang sedang menjaga kedua-dua laluan masuk jembatan itu. Dengan sepantas kilat, askar-askar Portugis mengalahkan para hulubalang itu dan menguasai kubu-kubu mereka.

"Alang-alang celup perkasam, biar sampai ke pangkal lengan." Laksmana Khoja Hasan berkata dihatinya sambil bergegas maju ke jembatan setelah melihatkan kejadian di atas. Dia diikuti oleh baginda Sultan dan Raja Ahmad yang mara menaiki gajah masing-masing. Maka bertempurlah kedua-dua pihak bagi menguasai jalanan di jembatan tersebut.

Pada ketika itu, Laksmana Khoja Hasan sedang mengamuk dengan menghunuskan keris ke paras leher dan tangan musuh yang memakai perisai besi. Di dalam kegamatan tersebut, sebutir peluru dilepaskan dan terkena di dadanya lalu dia pun rebah. Anak-anak buah Laksmana cuba mendampinginya. Dan bila mereka hampir dekat, mereka mendapati Laksmana sudah mati.

Sejurus kemudian, Raja Ahmad yang mendahului ayahandanya di medan perang juga terkena tembakan dari musuh. Dia terjatuh dari atas gajahnya lalu berbaring di atas tanah. Apabila Sultan Mahmud melihat anakandanya terjatuh, baginda pun memberi arahan agar anakanda baginda itu diangkat pulang ke istana dengan segera. Sultan Mahmud kemudian mengikuti mereka berangkat pulang ke istana.

Melihatkan Sultan Mahmud meninggalkan medan perang bersama dengan Raja Ahmad yang sedang dalam kesakitan, semangat hulubalang Melaka meninggi untuk tahan kota itu daripada jatuh ke tangan musuh. Walaupun payah bagi mereka untuk melawan askar-askar Portugis yang berperisaikan baju dan topi besi, namun hulubalang Melaka tetap menghunus keris ke arah lawannya. Mereka berlawan dengan bermati-matian selama beberapa jam. Akhirnya, mereka berjaya membendung kemaraan askar Portugis.

Panglima-panglima Portugis di medan perang sedar akan kepayahan askar mereka maju ke hadapan. Lalu mereka membuat keputusan untuk berlindung di kawasan jembatan yang kini di bawah kuasa mereka. Keputusan ini dibuat dengan izin dari du Albuqeurqeu yang sedang memerhatikan perkembangan perang dari kapalnya.

"Kini tercapailah matlamat pertama kita." kata du Albuqeurqeu kepada anak-anak buahnya di atas kapal. Sinar matanya seolah menandakan kepuasan dihatinya.

Melihatkan kesudahan ini, hulubalang-hulubalang Melaka pun berundur ke perkarangan istana. Mereka pulang dengan penuh harapan agar anakanda baginda, Raja Ahmad berada dalam keadaan baik sahaja dan akan mengetuai mereka dalam menentang orang Portugis nanti esok.

Pertempuran antara kedua pihak berakhir untuk hari itu. Ramai hulubalang Melaka yang telah gugur di dalam pertempuran dan mayat mereka bergelimpangan di seluruh kawasan pentadbiran dan perniagaan kota Melaka. Keadaannya sungguh menyayatkan hati.

Sejurus selepas itu, hari pun masuk waktu Maghrib dan malam mula bertapak. Kota Melaka kini kelihatan gelap dan senyap sunyi tidak seperti biasa. Pertempuran yang berlaku sepanjang hari berserta dengan keheningan malam seolah-olah telah mencengkam kota masyhur itu dari segala hayat hidupnya.

Bab XI

DIPERSIMPANGAN JALAN

Apabila siang menjelang pada keesokan hari, kota Melaka kelihatan muram tidak bermaya. Angin sepoi pagi meniup seperti biasa tetapi keadaan tidak sama dengan kota tersebut. Tidak ada orang berjalan-jalan di kawasan perniagaan membawa barang-barang dagangan dan tidak ada orang pergi berjumpa pegawai kerajaan di kawasan pentadbiran untuk membayar cukai atau membuat aduan. Yang ada hanyalah rumah-rumah dan bangunan yang telah roboh dan musnah akibat bedilan meriam selama dua hari yang lalu. Yang terdapat hanyalah hulubalang-hulubalang Melaka dengan musuh mereka, askar-askar Portugis yang sedang bertahan di kawasan jembatan. Masing-masing mempertahankan kedudukan mereka di kota Melaka. Keadaan tegang ini berterusan dari petang semalam.

Pagi itu, Viceroy du Albuqeurqeu berjumpa dengan beberapa peniaga asing di dalam kapalnya. Dia kelihatan tenang seolah-olah berpuas hati dengan kesudahan dari serangan yang dilakukannya terhadap kota Melaka. Para peniaga itu dipanggilnya sebagai tanda terakhir serangan Portugis. Tanpa banyak bicara, dia memberi mereka kata dua supaya mengikut arahannya atau dihalau keluar dari kota Melaka nanti.

"Tuan hamba semua pasti tahu bahawa kota Melaka akan jatuh ke tangan Portugis dalam beberapa hari lagi. Dari itu, tuan hamba harus berbuat baik dengan kami dan jangan lagi dengan orang Melaka." Demikianlah kata-kata ancamannya kepada mereka.

Bagaikan orang yang mahir bermain catur, du Albuqeurqeu memang pintar membuat pergerakkannya. Dia seperti tahu bila masa yang sesuai untuk membuat pergerakan mutlak. Untuk membuktikan kesungguhan kata-katanya, du Albuqeurqeu memberitahu para peniaga itu bahawa arahan telah diberikan kepada panglima-panglima Portugis untuk merampas segala harta benda di kota Melaka dan membakar semua bangunan yang berdiri tegak kecuali bangunan dan harta benda mereka yang berbuat baik dengan Portugis.

"Tuan hamba diberikan waktu sehingga petang ini untuk membuat keputusan." tambah du Albuqeurqeu sebelum mengizinkan para peniaga tersebut pergi dari perbincangan mereka.

Di dalam istana raja, Sultan Mahmud dan pembesarnya sedang duduk di balai rong. Perbincangan mereka tidak seperti biasa kerana baginda Sultan kelihatan sugul dan kadang pula, penuh kerisauan. Anakandanya, Raja Ahmad kini sedang sakit gering akibat terkena tembakan askar Portugis. Sultan Mahmud hanya berdiam diri setiap kali pembesar-pembesarnya menimbulkan perkara tentang serangan balas ke atas Portugis.

Walaupun ada pembesar-pembesar yang ingin membicarakan tentang serangan lanjut ke atas Portugis, mereka berasa berat untuk melakukannya. Bendahara Tun Lapok pun tidak berkata apa-apa maka persidangan di balai rong tamat begitu sahaja tanpa apa-apa huraian. Lantas itu, hulubalang Melaka hanya bertahan dan saksikan askar Portugis melakukan kerosakan di kota Melaka. Disamping itu, mereka juga tahu askar Portugis membunuh setiap orang yang ditemui atau berhadapan dengan mereka di kawasan kota. Keadaan pilu ini berterusan buat beberapa hari.

Setelah seminggu ketegangan berlaku di kota Melaka tanpa sebarang huraian, ramai hulubalang Melaka mulai resah gelisah. Mereka inginkan sesuatu dilakukan terhadap keadaan yang hambar sekarang ini.

Kemudian, berita mengejut pula datang. Berita itu mengenai hulubalang Jawa yang akan mengalihkan kesetiaan mereka kepada Portugis. Ia disampaikan oleh Panglima Awang ketika dia berada di balai rong istana.

"Datuk semua, hamba ingin menyampaikan tentang sesuatu perkara yang akan berlaku nanti. Hulubalang-hulubalang Jawa di kawasan kami telah beritahu bahawa mereka akan di halau dari kota Melaka jika tidak berbaik dengan Feringgi. Dari itu, mereka terpaksa memilih untuk ikut kata orang Feringgi," Panglima Awang berkata.

Sejurus sahaja Panglima Awang habis berucap, suasana kecoh kerana pembesar-pembesar inginkan sesuatu dilakukan dengan segera untuk menarik balik kesetiaan hulubalang Jawa.

Bendahara Tun Lapok bertanya kepada Panglima Awang, "Bagaimana pula dengan hulubalang Pasai?"

"Kami semua tidak rela berbuat baik dengan Feringgi. Dari itu, kebanyakan dari kami telah pulang ke negeri malam semalam kecuali hamba semua." jawab Panglima Awang dengan bangga sambil menoleh ke arah teman-teman di belakangnya. Perasaan benci terhadap Portugis juga tersemat dihatinya ekoran serangan mereka keatas negeri Pasai sebelum sampai ke kota Melaka.

"Terima kasih, anak muda. Baginda Sultan berasa bersyukur dengan jasa bakti tuan hamba semua." berkata Tun Lapok.

"Aku mesti sampaikan berita ini dengan segera kepada baginda Sultan. Jika terlambat, padah akibatnya. Tetapi, bagaimana hendak aku lakukan sedang baginda asyik dalam kesyahduan?"

Setelah lama berfikir, tiba-tiba dia mendapat ilham dan teringatkan Tun Fatimah, permaisuri diraja.

"Dia seorang sahaja yang boleh membantu aku dalam hal ini." kata Tun Lapok dihatinya.

Bendahara Tun Lapok dengan segara mendapatkan perkenan mengadap permaisuri di balai rong pada petang itu. Apabila permintaanya disetujui, dia pun memberitahu para pembesar termasuk Panglima Awang untuk turut hadir bersamanya.

Tidak lama kemudian, Tun Fatimah masuk ke balai rong dan di sambut oleh pembesar-pembesar dengan kata hormat.

"Daulat, Tuanku," Tun Lapok berucap tanpa berlengah lagi.

"Izinkan patik beritahu permaisuri bahawa keadaan negeri kita amat terancam ketika ini, Tuanku." dia memulakan perbicaraannya.

"Teruskan, Datuk Bendahara," titah Tun Fatimah yang masih berwajah muda. Pada masa yang sama, dia menunjukkan minat terhadap ucapan Datuk Bendahara tadi.

"Pada pendapat patik, kita perlu bertindak segera kerana orang-orang Jawa sudah tidak bersama kita menentang Feringgi. Ampun Tuanku." jawab Tun Lapok dengan kesungguhan.

"Di samping itu, hulubalang kita mulai rasa gelisah melihat kerosakan dan pembunuhan yang dilakukan oleh Feringgi di kota Melaka ini, Tuanku." dia meneruskan lagi.

"Pada pendapat tuan hamba semua, dapatkah kita melawan Feringgi?" Tun Fatimah bertanyakan kepada para pembesarnya setelah mendengar ucapan Bendahara tadi. Sekali lagi dia menunjukkan minat terhadap jawapan yang akan diberikan oleh para pembesarnya.

Keadaan menjadi senyap berikut soalan tersebut. Tiada seorang pembesar pun yang dapat menjawab pertanyaan permaisuri itu.

Tun Fatimah menarik nafas panjang sambil merenung ke lantai.

"Baiklah, beta faham kedudukan perkara sekarang." berkata Tun Fatimah.

"Untuk mengelakkan lebih banyak pertumpahan darah dari berlaku, beta rasa kita patut keluar dari kota Melaka. Sampaikan titah beta ini pada yang lain untuk mereka buat persiapan. Kita akan tinggalkan kota Melaka pada esok pagi." bertitah Tun Fatimah dengan penuh keyakinan terhadap keputusannya.

Mendengarkan titah permaisuri tadi, pembesar-pembesar pun berasa puas hati dan kembali bertenaga.

"Ampun Tuanku. Titah Tuanku patik junjungi," berkata Tun Lapok dengan hati lega setelah mendengarkan titah permaisuri. Baginya, kini sudah ada jalan untuk memecahkan kebuntuan.

Wajah Tun Fatimah yang tenang bertukar menjadi risau selepas itu. Dia memanggil Hang Nadim datang kepadanya untuk berbincang.

"Malam nanti, tuan hamba ikut beta ke rumah bonda. Kita bawa bonda dan adinda keluar bersama." kata Tun Fatimah dengan suara rendah. Dia tidak mahu orang istana mendengar perbualannya itu. Dia takut mereka mempunyai prasangka bahawa dia akan meninggalkan baginda sultan di saat getir itu.

"Baiklah, Tuanku." Hang Nadim menjawab sambil menanggukkan kepalanya.

Selepas solat Maghrib, Tun Fatimah keluar dari ruang khasnya dan menuju ke salah satu pintu keluar istana. Di sana, dia bertemu dengan Hang Nadim yang sudah lama menunggu.

"Ayuh, kita segera ke rumah bonda," kata Tun Fatimah. Maka berlarilah mereka berdua keluar dari perkarangan istana dan menuju ke hilir kota di dalam kegelapan malam. Tidak lama kemudian, mereka pun sampai ke rumah ibu Tun Fatimah.

Tun Fatimah memberi salam lalu masuk ke dalam. Rumah itu kelihatan berbeza sekali jika dibandingkan ketika majlis perkahwinannya dengan Tun Ali dahulu. Suasana seri yang selalu berada di dalam rumah itu kini sudah tiada lagi. Hati Tun Fatimah sedih melihat keadaan ini.

Tun Fatimah pun bergerak masuk ke ruang bondanya sambil membuka pintu. Di dalam, dia melihat ibunya yang sedang tidur berbaring manakala Tun Karim sedang tidur dalam keadaan duduk. Tun Fatimah merapati ibunya lalu mengejutkan dia.

"Bonda, bangunlah. Mari ikut anakanda keluar ke istana sekarang ini." dia berkata dengan manja.

Ibunya membuka mata dan tersenyum melihat Tun Fatimah disampingnya.

Ketika itu terjagalah Tun Karim lalu pergi dekat kepada kakaknya, Tun Fatimah.

"Bonda tidak sihat sejak beberapa hari lalu, kanda." Tun Karim menerangkan keadaan ibu mereka.

"Bonda juga ada memanggil kekanda datang bertemunya tetapi adinda takut meninggalkan bonda seorang diri," dia menambah.

"Kemanakah pergi dayang-dayang kita?" Tun Fatimah bertanya dengan penuh kehairanan beserta kemarahan.

"Bonda telah mengizinkan mereka pulang ke kampung masing-masing. Mereka semua risau akan keluarga mereka kerana orang-orang Feringgi sedang mengamuk." Tun Karim menjawab.

Tun Fatimah berasa syukur dengan tindakan ibunya yang pengasih itu. Lalu dia meletakkan tubuh ibunya ke atas ribanya dan berkata kepadanya dengan penuh kasih.

"Bonda, mari ikut anakanda ke istana? Nanti kelak, dayang-dayang istana akan tolong menjaga bonda." Tun Fatimah memujuk ibunya.

Ibunya tersenyum mendengarkan suara Tun Fatimah, orang yang dirindukannya. Sedang dia dalam keadaan begitu, ternampak suatu keperitan sakit di hujung kedua matanya. Rupa-rupanya, ibu Tun Fatimah sedang dalam kesakitan yang amat teruk sekali. Disebabkan kehadiran Tun Fatimah

88

disisinya, dia kumpulkan segala kekuatan yang ada untuk memberi senyuman mesra kepada anak yang disayangi.

Kemudian, ketenangan terpaut di wajah ibu Tun Fatimah. Dia seolah-olah merasa puas dengan keadaannya. Ibunya menarik nafas panjang lalu menggerakkan bibirnya seperti sedang membaca sesuatu ayat. Habis sahaja melakukan itu, ibu Tun Fatimah pun menghembus nafas terakhir lalu meninggal dunia.

Apabila Tun Fatimah dan Tun Karim melihat keadaan ibu mereka terbujur kaku lalu berpelukanlah kedua beradik itu sambil menangis. Mereka juga mendakap erat mayat ibu mereka. Maka tinggallah kedua beradik ini keseorangan di dunia.

"Biarlah hamba mengebumikan mayat bonda," Hang Nadim berkata perlahan setelah melihat keadaan itu.

Lalu dia keluar dan menggali satu kubur di perkarangan rumah. Setelah jenazah ibunya selamat dikebumikan, Tun Fatimah mengajak Tun Karim mengikut dia pulang ke istana.

"Adinda rasa sungguh berat untuk meninggalkan rumah ini," berkata Tun Karim. Baginya, rumah inilah tempat dia dibesarkan dari sejak lahir sehingga sekarang. Segala suka duka dalam hidupnya berlaku disekitar rumah ini. Payah bagi dia untuk meninggalkannya.

"Kanda rasa ayahanda dan bonda tentu mahukan adinda terselamat dari bahaya yang menimpa kota Melaka sekarang ini." Tun Fatimah memujuk adiknya setelah mendengar kata-kata dia.

"Lagipun, kanda akan rasa lebih senang jika adinda berada bersama kanda di istana nanti." Tun Fatimah menambah.

Tun Karim berdiam lalu bergerak mengikut Tun Fatimah dan Hang Nadim keluar ke istana.

Dalam perjalanan itu, hujan geremis mulai turun maka basahlah mereka semua.

Tidak lama kemudian, Hang Nadim terlihat cahaya api bergerak melintasi arah mereka. Rupa-rupanya, sekumpulan askar Portugis sedang meronda kawasan di luar kota. Hang Nadim dengan tegas mengarahkan kedua-dua beradik itu duduk berhenti seketika. Sedang mereka berada dalam keadaan sedemikian, tiba-tiba seorang askar Portugis memekik.

"Ada orang di sini!" Lalu Hang Nadim berdiri dan menghunus kerisnya ke tubuh askar Portugis itu. Kemudian terdengar tembakan senjata api ke arah Hang Nadim. Ini diikuti dengan beberapa askar Portugis berlari ke arahnya. Hang Nadim dan kedua beradik itu dikerumuni oleh askar-askar Portugis.

"Bunuh mereka semua!" perintah ketua Portugis.

Keadaan menjadi gentir bagi Tun Fatimah dan adiknya. Inilah kali pertama dia bersemukakan dengan orang Portugis dan dia tidak mahu ditangkap oleh mereka pada malam itu juga.

"Aduhai malangnya nasibku. Tidak aku sangka akan terjadi sebegini." Tun Fatimah berkata di hati.

"Tuanku. Biar hamba melindungi tuan hamba semua." Hang Nadim memberitahu kedua beradik itu.

"Apabila hamba menyerang mereka, berlarilah tuan hamba semua ke arah istana. Jangan pandang ke belakang, faham?" berkata Hang Nadim sambil memberanikan dirinya. Tun Fatimah dan Tun Karim kedua-duanya menangguk kepala tanpa berkata-kata.

Lalu Hang Nadim pun menerkam askar-askar Portugis itu dengan keris di tangannya. Belum sempat Tun Fatimah dan Tun Karim berlari, mereka melihat Hang Nadim terhumban ke belakang dan dipukul oleh askar Portugis dengan senjata api mereka. Tun Fatimah menjadi cemas dan ketakutan. Peluang dia untuk selamatkan diri sudah padam.

Kemudian, dengan tidak di duga, askar-askar Portugis pula terhumban jatuh. Sedang Tun Karim mencari-cari akan sebabnya, Tun Fatimah nampak mereka terkena sepakan oleh orang yang tidak di sangka datang membantu.

"Lari, permaisuri, lari!" Panglima Awang, anak orang kaya Pasai dan juga teman arwah suaminya, mengarahkan Tun Fatimah.

Tanpa berlengah lagi, Tun Fatimah pun mengambil tangan adiknya, Tun Karim dan terus berlari sehingga sampai ke perkarangan istana.

Ketika Tun Fatimah sedang berlari balik ke istana, Panglima Awang berjaya menghalang askar Portugis dari ikut mengejar mereka. Dia juga berjaya membunuh beberapa orang di antara mereka. Melihatkan keadaan itu, kapten askar Portugis, Ferdinand Magellan kemudian mengangkat senjati apinya lalu menembak Panglima Awang. Tembakan itu mengenai tubuh badan kanan Panglima Awang lalu dia pun rebah. Kapten Magellan kemudian memberikan arahan agar Panglima Awang di tangkap hidup-hidup.

"Jangan bunuh dia. Kita bawa dia balik ke kapal nanti." arah Magellan kepada anak buahnya.

"Sungguh berani dan tangkas sekali pahlawan ini. Aku dapat merasakan kepahlawanannya," berbisik Magellan dihatinya.

Tanpa mereka ketahui, inilah tanda permulaan persahabatan di antara kedua mereka yang akan membawa Magellan merintasi dua lautan iaitu Lautan Atlantic dan Lautan Pasifik dari benua Eropah ke benua Asia Tenggara dengan Panglima Awang atau dikenali kemudian sebagai "Enrique the Melaka" sebagai pembantunya dan menjadikan mereka peneroka yang pertama berbuat sedemikian.

Bab XII

MELAKA DITINGGALKAN RAJA

Pada keesokan harinya, sesudah masuk waktu Subuh, orang-orang istana mulai keluar dengan membawa barang-barang istana untuk dibawa bersama ke singgahsana baginda di Muar. Ada yang membawa mohor diraja, ada yang membawa nobat diraja dan ada yang membawa harta benda serta barang perhiasan baginda. Para pembesar mengiringi baginda Sultan bersama dengan kaum keluarga masing-masing. Mereka semua berjalan dengan perlahan sambil berdiam diri. Ramai di antara mereka yang sedang asyik mengenangkan nasib dan masa depan mereka. Ada juga yang menangis di sepanjang perjalanan itu.

Ketika meninggalkan kota Melaka, Sultan Mahmud kelihatan murung di dalam usungannya manakala anakanda, Raja Ahmad sedang berbaring tanpa sedarkan diri. Sultan Mahmud kelihatan seperti orang yang telah kehilangan perangsang dalam hidupnya. Semenjak tercetus peperangan dengan Portugis, hampir kesemua kemegahan pada dirinya telah di rampas oleh Portugis. Kota Melaka yang menjadi tunggak kerajaannya telah dimusnahkan, anak yang bakal menggantinya di atas tahta turut dicederakan, bala tentera yang teguh lagi ramai bilangan kini menjadi lemah dan tak berupaya. Dunia Sultan Mahmud telah hancur musnah akibat peristiwa serangan Portugis ini.

"Bagaimanakah ini semua boleh terjadi kepada beta?" soalan utama yang berlegar dikepalanya sejak kebelakangan ini.

"Mungkinkah ini semua atas kesilapan beta? Macam mana boleh begitu pula? Dimanakah pembesar-pembesar beta yang selalu membantu menghuraikan masalah beta?" demikian soalan-soalan lain yang menghantui fikirannya. Soalan-soalan yang hanya membuat fikirannya bertambah kusut.

Sementara itu, Tun Fatimah sedang duduk di dalam usungan permaisuri diraja sambil memerhatikan segala hal yang berlaku di sekeliling. Ingatannya terhadap kota Melaka yang megah dan berseri, kini tinggal kenangan sahaja. Hati Tun Fatimah berasa pilu melihat kejadian ini.

"Apakah begini kesudahannya? Apakah kota Melaka akan diperintah oleh Feringgi untuk selama-lamanya?" Tun Fatimah bertanya kepada dirinya. Setelah itu, dia seakan tidak dapat percayai dengan soalan-soalan tersebut.

Kemudian, dia terkenangkan pengorbanan orang-orang Melaka sebelum ini seperti Laksmana Khoja Hasan, Hang Nadim beserta Panglima Awang. Tun Fatimah berasa amat terkilan dengan keputusannya untuk meninggalkan kota Melaka.

"Mereka telah banyak berjasa kepada raja dan bangsa." keluhan hati Tun Fatimah apabila terkenangkan ayah serta ibunya sendiri.

"Kini, beta meninggalkan kota ini bersama dengan orang-orang istana. Patutkah beta berbuat demikian? Haruskah beta lupakan segala pengorbanan mereka?" keluhan hatinya berkata lagi.

Sejurus kemudian, terdengar rintisan tangisan di kalangan rombongan diraja itu. Ada di antara mereka yang menudingkan jari ke arah kepulan asap hitam di belakang mereka. Rupa-rupanya, Portugis telah membakar istana raja dan kesemua bangunan di dalam perkarangan istana setelah mereka mendapat tahu bahawa baginda sultan dan pembesar-pembesarnya telah meninggalkan kota Melaka pada pagi itu.

"Kita harus cepat berjalan. Kelak Feringgi akan serang kita pula." perintah Bendahara Tun Lapok kepada pegawai-pegawai istana yang sedang berjalan.

Tun Lapok kemudian pergi mengadap permaisuri, Tun Fatimah untuk menyampaikan berita tentang kebakaran itu.

"Ampun Tuanku. Patik ingin sampaikan berita tentang istana raja di kota Melaka, tuanku," berkata Tun Lapok apabila berdepan dengan Tun Fatimah dekat usungan permaisuri diraja.

"Patik mendapat berita bahawa Feringgi telah membakar istana raja, tuanku." tambah Tun Lapok.

Tun Fatimah termenung jauh mendengarkan berita tersebut. Hatinya terasa sedih teramat sekali.

"Nampaknya orang Feringgi tidak mahu baginda sultan pulang kembali ke kota Melaka. Sebab itu mereka memusnahkan istana kita." Tun Fatimah memberitahu setelah lama berdiam diri.

"Aduhai, kalau begitu tujuan mereka amatlah kejam orang Feringgi. Sesudah merampas kota kita, mereka tidak mahu kita pulang ke tempat asal pula." kata Bendahara Tun Lapok dengan kehampaan.

Fikiran kosong mengisi akal Tun Fatimah buat seketika. Hatinya tersinggung mendengarkan kata-kata Tun Lapok itu tadi. Tidak lama kemudian terdapat pergerakan dibibirnya yang menunjukkan kesungguhan diri.

"Berapa banyakkah pengorbanan yang harus beta buat?" bertanya Tun Fatimah pada dirinya sendiri.

"Tidakkah cukup setakat ini. Haruskah ada lagi pengorbanan yang lain? Dan haruskah beta lupakan segala pengorbanan yang telah dilakukan oleh ahli keluarga dan rakyat beta?" suara hatinya meninggi.

"Tidak. Tidak akan beta lupakan pengorbanan mereka semua." bertekad hati Tun Fatimah.

Tun Fatimah kemudian memandang ke wajah Tun Lapok yang berada disisinya.

"Selagi jasad beta bernyawa, beta akan menentang Feringgi. Walau sejauh mana pun beta di halau mereka, beta akan tetap kembali. Beta akan membawa semula kegemilangan kerajaan kita di negeri Melaka." Tun Fatimah berjanji dengan sepenuh hati.

"Selagi hajat ini tak tercapai, tidak akan beta dan rakyat beta hilang dari muka dunia!" bersumpah Tun Fatimah sedang Bendahara Tun Lapok menangguk-angguk kepala mendengarnya.

****